Edgar A Poe

EDGAR ALLAN POE

O CORVO
E OUTROS CONTOS

PÉ da letra

www.editorapedaletra.com.br

(11) 3733-0404 / 3687-7198

Projeto gráfico: Quatria Comunicação

Tradução: Lívia Bono

Equipe editorial

Ricardo Mesquita - Capa

Ricardo Mesquita - Diagramação

Marcelo Paradizo - Revisão

Dados Internacionais de Catalogação na Publicação (CIP)
(eDOC BRASIL, Belo Horizonte/MG)

P743c Poe, Edgar Allan, 1809-1849.
O corvo / Edgar Allan Poe. – Barueri, SP: Pé da Letra, 2020.
168 p. : 16 x 23 cm

Título original: The Raven
ISBN 978-65-86181-11-1

1. Poesia americana. I. Título.

CDD 811

Elaborado por Maurício Amormino Júnior – CRB6/2422

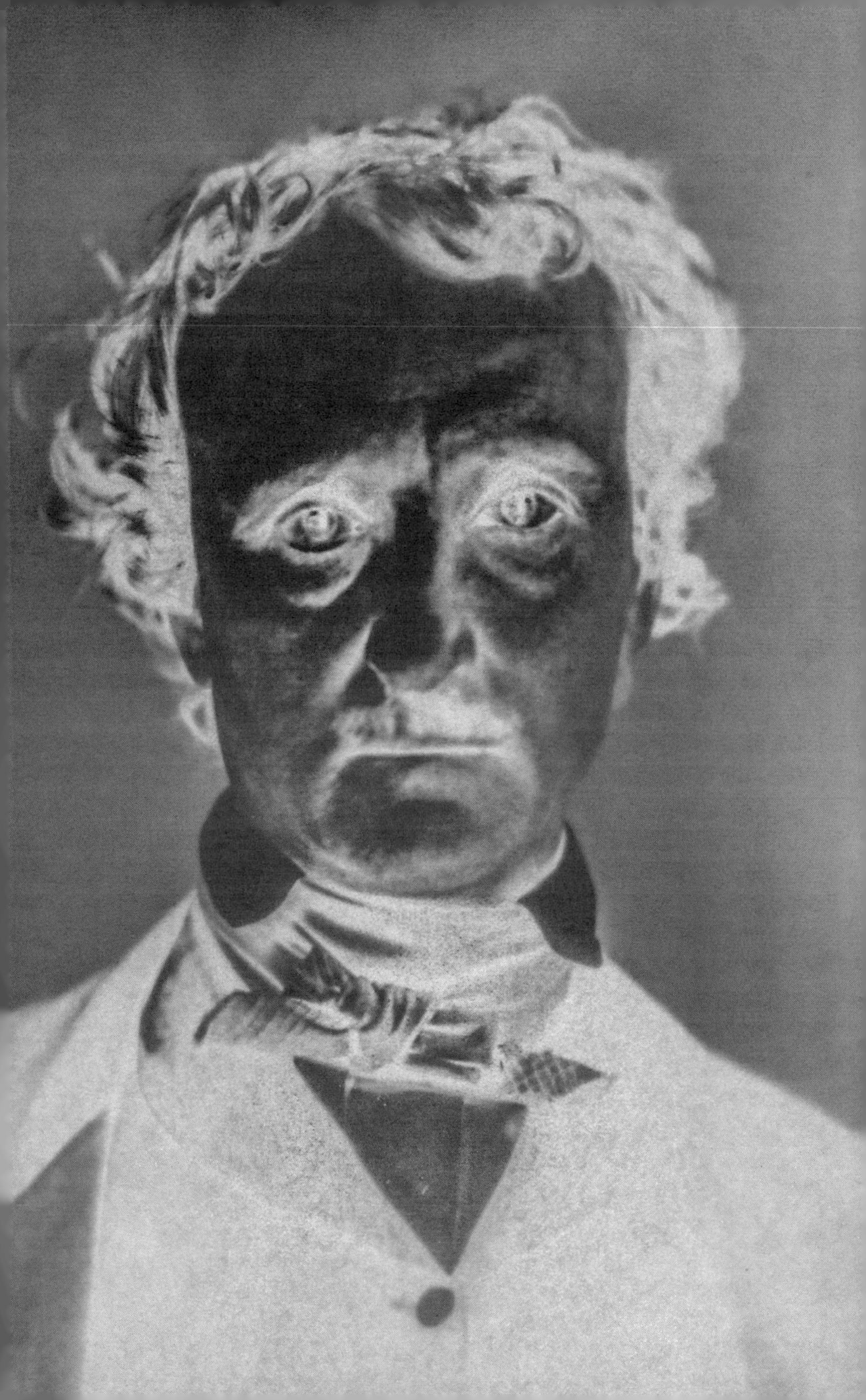

SUMÁRIO

A ILHA DAS FADAS

Nullus enim locus sine genio est [1]

Servius

"La musique", diz Marmontel, em seus *Contes Moraux*, que, em todas as nossas traduções, insistimos em chamar de "Contos Morais", como se estivéssemos zombando de seu espírito, *"la musique est le seul des talents qui jouissent de lui-meme; tous les autres veulent des temoins"*.[2] Aqui, ele confunde o prazer derivável dos doces sons com a capacidade de criá-los. O talento para a música é tão suscetível de desfrute completo, quando não há uma segunda parte para apreciar seu exercício, quanto qualquer outro talento. E é só em comum com outros talentos que ele produz efeitos que possam ser desfrutados por completo em solidão. A ideia que o contador de histórias deixou de examinar claramente ou que sacrificou por seu desejo de promover a ideia é, sem dúvida, aquela bastante defensável de que a mais alta ordem da música é melhor estimada quando estamos exclusivamente sozinhos. A proposta, nessa forma, é aceita imediatamente por aqueles que amam a lira por si própria, e para seus usos espirituais. Mas existe mais um prazer, ainda dentro do alcance da mortalidade decaída, e talvez o único, que tem uma dívida ainda maior do que a música para com o sentimento acessório da solidão. Refiro-me à felicidade sentida ao contemplar uma paisagem natural. Na verdade, aquele que quer admirar corretamente a glória de Deus na terra deve fazê-lo sozinho. Para mim, pelo menos, a presença – não só de vida humana como também de quaisquer outras formas de vida que não as coisas verdes que crescem do solo e não têm voz – é uma mancha no panorama, guerreia com o gênio da cena. Amo, de verdade, observar os vales escuros, e as rochas cinzentas, e as águas que sorriem em silêncio, e as florestas que suspiram em sonos irrequietos, e as orgulhosas e vigilantes montanhas que baixam o olhar para todo o resto – amo olhar para todos esses por si próprios, e também como membros colossais de um todo vasto, animado e senciente – um todo cuja forma (esférica)

---

1 N. da T.: "Nenhum lugar é sem um gênio".

2 N. da T.: "A música é o único talento que desfruta de si própria; todos os outros querem testemunhas".

é a mais perfeita e inclusiva de todas; cujo caminho fica entre planetas associados, cuja mansa donzela é a Lua, cujo soberano mediato é o Sol; cuja vida é eternidade, cujo pensamento é de um Deus; cujo desfrute é o conhecimento; cujos destinos estão perdidos na imensidão; cuja ciência de nós mesmos é semelhante à nossa ciência das criaturas microscópicas que infestam o cérebro – um ser que nós, consequentemente, encaramos como puramente inanimado e material, de forma bem parecida com o modo como aquelas criaturas devem pensar em nós.

Nossos telescópios e investigações matemáticas nos asseguram, sob todos os aspectos – não obstante a hipocrisia dos mais ignorantes dentre o clérigo – que o espaço, e portanto a massa, é uma consideração importante aos olhos do Todo-Poderoso. Os ciclos nos quais as estrelas se movem são os que melhor se adaptam à evolução, sem colisão, do maior número possível de corpos. As formas daqueles corpos são exatamente aquelas que, dentro de uma dada superfície, permitem a inclusão da maior quantidade possível de água, enquanto que as próprias superfícies estão dispostas de forma a acumular uma população mais densa do que aquela que poderia ser acomodada nas mesmas superfícies, se estivessem em outras posições. O fato de que o espaço em si é infinito tampouco serve de argumento contra a ideia de que a massa é importante para Deus, pois pode haver uma infinidade de matéria para ocupá-lo. E, já que vemos claramente que a dotação de vitalidade à matéria é um princípio – na verdade, na medida de nosso juízo, é o principal princípio das operações da Deidade –, não é lógico imaginar que se limita às regiões pequenas, onde a identificamos diariamente, sem se estender às regiões augustas. Já que descobrimos ciclo dentro de ciclo, sem fim – ainda que circulando ao redor de um centro muito distante, que é a cabeça de Deus –, não podemos supor, analogicamente, da mesma forma, que há vida dentro da vida, a inferior dentro da superior, e todas dentro do Espírito Divino? Em resumo, cometemos um erro absurdo, por causa de nossa autoestima, ao acreditar que o ser humano, em seu destino temporal ou futuro, é mais importante no Universo do que o vasto "torrão do vale", que ele ara e condena, e ao qual nega a existência de uma alma, sem motivo melhor do que o fato de que não a enxerga em ação.

Essas fantasias, e outras como elas, sempre deram a minhas reflexões em meio às montanhas e às florestas, na beira de rios e do oceano, um toque do que o mundo cotidiano não deixaria de chamar de fantástico. Minhas andanças em meio a tais paisagens foram muitas, longínquas e frequentemente solitárias; e o interesse com o qual explorei inúmeros vales escuros e profundos, ou olhei para o céu refletido em vários lagos brilhantes, foi um interesse enormemente aprofundado pela ideia de que andava e observava sozinho. Que francês irreverente disse, em alusão à conhecida obra de Zimmerman, que "*la solitude est une belle chose; mais il faut quelqu'un pour vous dire que la solitude est une belle chose*"?[3] O epigrama não pode ser contradito; mas a necessidade é algo que não existe.

Foi durante uma de minhas jornadas solitárias, em meio a uma região distante, de montanhas presas por outras montanhas, rios tristes e lagos melancólicos contorcendo-se ou dormindo em meio a todas elas, que deparei-me com um certo riacho e uma ilha. Encontrei-os repentinamente, em um mês de junho exuberante, e joguei-me sobre a grama, debaixo dos galhos de um arbusto cheiroso e desconhecido, para poder dormir enquanto contemplava a cena. Senti que era o único jeito de observá-la; era esta a natureza da aparência quimérica que exibia.

Por todos os lados – exceto o oeste, onde o sol estava se pondo – erguiam-se as paredes verdejantes da floresta. O riozinho, que fazia uma curva repentina, e sumia imediatamente de vista, parecia não ter saída de sua prisão, exceto ser absorvido pela folhagem verde profunda das árvores ao leste; enquanto que, do lado oposto (pelo que me parecia, inteiramente deitado e olhando para cima), mergulhava silenciosa e continuamente no vale uma cachoeira de ricos tons de dourado e carmim, vinda das fontes do ocaso do céu.

---

3 N. da T.: "A solidão é uma coisa bela; mas é necessário haver alguém para dizer a você que é uma coisa bela".

Lá pela metade do pequeno panorama que minha visão sonhadora absorvia, uma pequena ilha circular, coberta de plantas, repousava sobre o peito da corrente.

As margens e as sombras misturavam-se nela.

Cada uma delas parecia pender no ar, de tão espelhadas que eram as águas, de modo que mal era possível dizer em que parte da inclinação coberta pela grama esmeralda começava seu domínio de cristal.

Minha posição permitia-me incluir, em uma única vista, as extremidades leste e oeste da ilhota; e observei uma diferença singular em sua aparência. A última era um harém radiante de belezas da jardinagem. Brilhava e enrubescia sob os olhos da luz do sol enviesada, e parecia rir com flores. A grama era curta, saudável, cheirosa, e entremeada de asfódelos. As árvores eram flexíveis, alegres, eretas – luminosas, esguias e graciosas –, com aparência e folhagem orientais, de casca macia, brilhante e variegada. Parecia haver uma profunda sensação de vida e alegria por toda parte; e, apesar de os céus não soprarem nenhum vento, tudo estava em movimento, devido aos gentis sobrevoos de inúmeras borboletas, que poderiam ter sido confundidas com tulipas aladas.

A outra ponta, ou leste, da ilhota estava coberta pela mais profunda sombra. Uma melancolia sombria, porém bela e pacífica, permeava todas as coisas. As árvores tinham cores escuras, e forma e atitude lúgubre, contorcendo-se em formatos tristes, solenes e espectrais, que transmitiam ideias de tristeza funesta e morte prematura. A grama tinha o tom profundo do cipreste, e suas pontas pendiam moles; em seu meio, aqui e acolá, havia vários outeiros pequenos e feiosos, baixos e estreitos, e não muito longos, que se pareciam com túmulos, mas não o eram, apesar de arruda e alecrim brotarem sobre e em meio a eles. A sombra das árvores caía pesadamente sobre a água, e parecia enterrar-se nela, impregnando as profundezas do elemento com escuridão. Imaginei que cada sombra, conforme o sol se punha, separava-se taciturnamente do tronco que a criara, e era, assim, absorvida pela correnteza, enquanto que outras sombras surgiam posteriormente das árvores, tomando o lugar de suas predecessoras assim enterradas.

Essa ideia, após tomar conta de minha imaginação, acirrou-a enormemente, e me perdi de imediato em sonhos.

– Se é que há alguma ilha encantada – disse, para mim mesmo –, é esta aqui. Este é o domínio das poucas Fadas gentis, que sobraram da destruição de sua raça. Estes túmulos verdes são os delas? Será que entregam sua doce vida, como a humanidade faz com a sua? Ao morrerem, não definham tristemente, abrindo mão de sua existência para Deus aos poucos, como fazem estas árvores com sombra atrás de sombra, exaurindo sua substância até a dissolução? Assim como a árvore morredoura está para a água, que bebe sua sombra, ficando, assim, cada vez mais negra com aquilo que agarra, não estará a vida das Fadas para a morte que a engolfa?

Enquanto refletia sobre isso, com os olhos semicerrados, com o sol se pondo rapidamente e as correntes passando rapidamente ao redor da ilha, carregando pedaços grandes, deslumbrantes e brancos das cascas dos sicômoros, que, em suas posições multiformes sobre a água, a imaginação poderia ter transformado em qualquer coisa que quisesse; enquanto refletia sobre isso, pareceu-me que a figura de uma daquelas Fadas, sobre as quais eu estivera ponderando, andou lentamente para a escuridão, do lado iluminado ao oeste da ilha. Estava de pé, ereta, sobre uma canoa extremamente frágil, que empurrava com algo que parecia-se com um remo. Sob a influência do que restava dos raios do sol, sua postura parecia indicativa de alegria; mas a tristeza deformou-a quando passou para o lado das sombras. Deslizou devagar, e finalmente contornou a ilhota e entrou novamente na região da luz.

– A volta que a Fada acabou de dar – continuei, refletindo – é o ciclo do breve ano de sua vida. Ela flutuou por seu inverno e por seu verão. Está um ano mais perto de sua morte, pois não deixei de reparar que, quando entrou na escuridão, sua sombra soltou-se dela, e foi engolida pela água escura, tornando seu negrume ainda mais negro.

O barco e a Fada apareceram novamente, mas a postura desta última demonstrava mais preocupação e incerteza, e menos alegria maleável. Flutuou novamente para fora da luz, entrando na escuridão (que se aprofundou imediatamente), e sua sombra soltou-se dela mais uma vez, caindo na água de ébano, sendo absorvida por seu negrume. Contornou a ilha de novo, e de novo (enquanto o sol corria para ir dormir), e a cada vez que saía da luz havia mais tristeza ao redor de sua pessoa, enquanto ela tornava-se cada vez mais frágil, tênue e indistinta, e a cada passagem para a escuridão uma sombra mais escura caía dela e misturava-se com uma obscuridade ainda mais negra. Finalmente, quando o sol já se pusera por completo, a Fada, que agora era um mero fantasma do que fora antes, dirigiu-se, desconsolada, com seu barco, para o domínio do negrume, e não sei dizer se saiu de lá, pois a escuridão caiu sobre todas as coisas, e sua mágica figura não consegui mais ver.

O ENCONTRO

Espere por mim! Por nada no mundo
Deixarei de encontrá-la naquele vale profundo
Exequy, sobre a morte de sua esposa, por Henry King,
bispo de Chichester

Homem malfadado e misterioso! Atônito com o brilhantismo de sua própria imaginação, e caído nas chamas de sua própria juventude! Novamente, em minhas fantasias, o vejo! Sua figura novamente se ergue à minha frente! Mas não, ah, não onde realmente estás – no frio vale das sombras –, e sim onde *deverias* estar: desperdiçando uma vida de magnífica reflexão naquela cidade de visões difusas, sua nativa Veneza, que é um Elísio dos mares, amada pelas estrelas, onde as largas janelas dos paços de Palladio olham, com um significado profundo e amargo, para os segredos de suas águas silenciosas. Sim! Repito, onde *deverias* estar. Decerto existem outros mundos, além deste, outros pensamentos que não os da multidão, outras especulações, sem ser as dos sofistas. Quem, então, poderia questionar sua conduta? Quem o culparia por suas horas visionárias ou criticaria tais ocupações como um desperdício de vida, sendo que foram apenas o transbordamento de suas infinitas energias?

Foi em Veneza, sob o arco coberto que chamam de Ponte di Sospiri, que encontrei, pela terceira ou quarta vez, a pessoa à qual me refiro. Minhas recordações daquele encontro são confusas. Ainda assim, lembro-me – ah! como poderia esquecer? – da profunda escuridão da meia-noite, da Ponte dos Suspiros, da beleza das mulheres e do Gênio do Romance, que andava para cima e para baixo no canal estreito.

Era uma noite de incomum escuridão. O grande relógio da Piazza batera a quinta hora da noite italiana. A praça do Campanário estava silenciosa e deserta, e as luzes do antigo Palácio Ducal apagavam-se rapidamente. Eu voltava para casa da Piazetta, pelo Grande Canal. Porém, quando minha gôndola chegou do lado oposto ao da foz do canal de São Marcos, uma voz feminina irrompeu de lá de dentro, preenchendo repentinamente a noite com um grito selvagem, histérico e longo. Assustado com o som, pus-me de pé e o gondoleiro, deixando cair seu único remo, perdeu-o na escuridão total, sem chances de recuperá-lo, de modo que ficamos à mercê da corrente, que, ali, sai do maior para o menor canal. Como um enorme condor de penas pretas, flutuávamos devagar em direção à Ponte dos Suspiros, quando mil tochas iluminando as janelas, e descendo as escadas do Palácio Ducal, transformaram imediatamente aquela profunda escuridão em um dia claro e sobrenatural.

Uma criança escorregara dos braços da mãe e caíra de uma janela da alta estrutura, no canal profundo e sombrio. As águas calmas haviam se fechado placidamente sobre sua vítima; e, apesar de minha gôndola ser a única na região, vários nadadores fortes já estavam dentro do rio, vasculhando a superfície em vão, em busca do tesouro que só poderia ser encontrado, infelizmente, nas profundezas. Sobre o largo piso de mármore na entrada do palácio, e alguns degraus acima da água, estava uma figura que não deve ter sido esquecida por ninguém que a viu naquele momento. Era a marquesa Afrodite, adorada por toda Veneza, a mais alegre entre as mulheres, a mais formosa entre as belas, mas também a jovem esposa do velho e intrigante Mentoni, e mãe daquela linda criança, sua primogênita e única, que agora estava, sob as águas obscuras, sentindo saudades amargas de suas doces carícias, e terminando sua curta vida tentando chamar o nome dela.

Estava sozinha. Seus pés pequenos, descalços e alvos eram refletidos pelo escuro espelho do mármore debaixo dela. Seus cabelos, soltos apenas pela metade do penteado elaborado, envolto por uma coroa de diamantes, que dava várias voltas ao redor de sua cabeça clássica, em cachos como os de um jovem jacinto. Um tecido branco como a neve, e fino como gaze, parecia ser quase que a única coisa que cobria sua delicada figura; mas o ar do meio do verão, e da meia-noite, estava quente, taciturno e parado, e nenhum movimento daquela figura como uma estátua fazia mexer as dobras da vestimenta semelhante ao vapor, que pendia ao seu redor como o pesado mármore circundava Níobe.[1] Porém – estranho dizer! –, seus grandes olhos lustrosos não estavam voltados para baixo, para aquele túmulo que encerrava sua maior esperança, e sim fixos em uma direção completamente diferente! A prisão da Velha República é, em minha opinião, o edifício mais imponente de toda Veneza; mas por que aquela dama encarava-o tão fixamente, quando seu único filho se afogava abaixo dela? Aquele nicho escuro e sombrio fica diretamente oposto à janela de seu quarto; o que, então, poderia haver em suas sombras, em sua arquitetura, em suas cornijas solenes e envoltas em hera, que a marquesa de Mentoni não houvesse observado mil vezes antes? Absurdo! Todos sabem que, em momentos como aquele, os olhos, como um espelho quebrado, multiplicam as imagens de sua dor, e veem em inúmeros lugares longínquos a tristeza que está ali perto.

Muitos degraus acima da marquesa, e do lado de dentro do arco da comporta, estava parada de pé, completamente vestida, a figura, semelhante a um sátiro, do próprio Mentoni. Ocupava-se com o dedilhar de uma viola, de tempos em tempos, e parecia mortalmente entediado, dando instruções ocasionais para a procura de seu filho. Estupefato e aterrado, eu mesmo não tinha forças para sair da posição ereta que assumira ao ouvir o grito, e devo ter parecido, para o grupo em alvoroço, uma aparição espectral e portentosa, com meu semblante pálido e membros rígidos, flutuando em meio a eles naquela gôndola fúnebre.

Todos os esforços foram em vão. Muitos dos que procuravam com mais energia estavam diminuindo o ritmo, e rendendo-se à tristeza sombria. Parecia haver poucas esperanças para a criança (e muito menos para a mãe!), mas, naquele momento, do interior daquele nicho escuro que já mencionei que fazia parte da prisão da República Velha, e localizava-se logo em frente à janela da marquesa, uma figura enrolada em um manto deu um passo para a frente, colocando-se debaixo da luz, e,

1 N. da T.: Deusa grega que perdeu todos os seus 14 filhos, e foi transformada em uma rocha por Zeus, condoído.

após pausar um momento na iminência de pular, mergulhou de cabeça no canal. Ao colocar-se de pé, um instante depois, com a criança viva e respirando em seus braços, sobre o mármore na margem onde estava a marquesa, seu manto, pesado por estar encharcado, abriu-se e, caindo em dobras aos seus pés, mostrou, para os espectadores estupefatos, a graciosa figura de um homem muito jovem, cujo nome ressoava pela maior parte da Europa.

O salvador não disse uma palavra. Mas a marquesa! Agora receberá sua criança, apertando-a contra seu peito, agarrando-se à sua pequena forma, sufocando-a com carícias. Mas não! Os braços de *outra pessoa* tiraram a criança do estranho; os braços de *outra pessoa* a levaram embora, para longe, sem ser vista, para dentro do palácio! E a marquesa! Seus lábios... seus lindos lábios tremem; lágrimas se formam em seus olhos, aqueles olhos que, como os acantos de Plínio, são "suaves, e quase líquidos". Sim! Lágrimas estão se formando naqueles olhos, e veja! O corpo todo da mulher estremece até a alma, e a estátua ganha vida! A palidez do semblante de mármore, o arfar do peito de mármore, a pureza dos pés de mármore foram tomados repentinamente por uma onda de carmim incontrolável, e um ligeiro estremecimento perpassa seu corpo delicado, como o suave ar de Nápoles pelos belos lírios prateados na grama.

Por que aquela dama deveria enrubescer? Para esta pergunta, não há resposta; exceto que, quando saiu, tomada pela pressa e pelo terror maternos, da privacidade de seus aposentos, deixara de colocar seus pés minúsculos em sapatos, e se esquecera completamente de jogar sobre seus ombros venezianos o xale costumeiro. Que outro motivo poderia haver para suas faces coradas? Para a expressão em seus olhos preocupados e suplicantes? Para o tumulto incomum de seu peito arfante? Para a pressão convulsiva de suas mãos trêmulas? Uma das quais pousou, quando Mentoni virou-se para entrar no palácio, sobre a mão do estranho. Que motivo haveria para o tom baixo, singularmente baixo, das palavras incompreensíveis que a dama pronunciou, ao despedir-se dele:

– Venceste – disse ela, a não ser que o murmúrio da água tenha me iludido; – venceste; uma hora após o nascer do sol... nos encontraremos. Que assim seja!

O tumulto se acalmara, as luzes se apagaram dentro do palácio, e o estranho, que eu agora reconhecia, estava sozinho sobre o mármore. Tremia com uma agitação inconcebível, e seus olhos corriam em busca de uma gôndola. Não pude deixar de oferecê-lo os préstimos da minha, o que aceitou com educação. Após obtermos um remo na comporta, prosseguimos juntos até sua residência, onde ele rapidamente se recompôs, e falou sobre o fato de termos nos conhecido antes, com uma grande cordialidade aparente.

Há certos assuntos sobre os quais tenho muito prazer em ser minucioso. A pessoa do estranho – permitam-me usar tal termo para me referir àquele que, para o mundo todo, ainda era um estranho – é um desses assuntos. Sua altura devia estar abaixo, em vez de acima, da média, apesar de haver vários momentos de intenso entusiasmo, quando sua estrutura realmente se *expandia*, e desmentia tal declaração. A simetria leve, quase esguia, de sua figura prometia mais daquela prontidão para a ação, que demonstrara na Ponte dos Suspiros, em vez daquela força hercúlea pela qual ele era conhecido por exercer sem esforço, em ocasiões mais perigosas e urgentes. Com a boca e o queixo de uma deidade – olhos singulares, passionais, grandes e líquidos, cujos tons variavam do puro mel a um preto-intenso e brilhante – e uma profusão de cabelos cacheados e escuros, em meio aos quais uma testa de largura incomum brilhava, toda clara e de alabastro, eu jamais vira feições tão classicamente regulares, exceto, talvez, as da estátua de mármore do Imperador Cômodo. Contudo, seu semblante era do tipo que todos já viram, em algum ponto de sua vida, e que depois nunca mais contemplaram. Não tinha qualquer peculiaridade, qualquer expressão predominante que ficasse gravada na memória; um semblante que se via e imediatamente esquecia, mas com um desejo vago e incessante de recordar-se. Não era que o espírito de cada sentimento rápido deixasse, a qualquer momento, de jogar sua própria imagem distinta sobre o espelho daquela face, e sim que o espelho, sendo um espelho, não retinha qualquer vestígio do sentimento, após sua partida.

Ao despedir-me dele, na noite de nossa aventura, pediu-me, com o que pensei ser um modo urgente, que o visitasse bem cedo, na manhã seguinte. Logo depois do nascer do sol, fui até seu palácio, uma daquelas enormes estruturas de pompa sombria, porém fantástica, que assomam sobre as águas do Grande Canal, nas cercanias do Rialto. Fui conduzido por uma larga escadaria espiral, coberta com mosaicos, até um aposento cujo esplendor inigualável irrompia pela porta com um verdadeiro brilho, deixando-me cego e zonzo com o luxo.

Sabia que meu conhecido era rico. Relatos sobre ele referiam-se a suas posses em termos que eu ousaria chamar de exagero ridículo. Entretanto, ao olhar ao meu redor, não podia acreditar que a riqueza de qualquer outro europeu teria conseguido alcançar a magnificência principesca que ardia e chamejava por todos os cantos.

Apesar de, como disse, o sol já ter nascido, o cômodo continuava iluminado por várias velas. Julgo, com base nisso e no ar de exaustão no rosto de meu amigo, que ele não fora para a cama na noite anterior. Com a arquitetura e as decorações daquele aposento, o propósito evidente fora deslumbrar e ofuscar. Pouca atenção fora dada ao que é chamado tecnicamente de tema ou ao decoro da nacionalidade. Os olhos pulavam de um objeto para outro, sem concentrar-se em nenhum; nem nas quimeras dos pintores gregos, nem nas esculturas das melhores épocas italianas, tampouco nas enormes gravuras egípcias. Ricas tapeçarias em todas as partes tremiam com a vibração de uma música baixa e melancólica, cuja origem era um mistério. Os sentidos eram oprimidos por perfumes misturados e conflitantes, exalados por estranhos e complicados incensários, junto com inúmeras labaredas ardentes e tremeluzentes de fogo esmeralda e violeta. Os raios do recém-chegado sol banhavam todo o aposento, entrando pelas janelas, que eram formadas por um único vidro carmim.

Correndo de um lado para o outro, em meio a mil reflexos das cortinas, que rolavam de suas cornijas como cataratas de prata derretida, entravam os raios da glória natural, misturados irregularmente com a luz artificial, e caíam formando massas apagadas, sobre um tapete de um tom dourado rico e aparência líquida.

– Ha, ha, ha! Ha, ha, ha! – ria o proprietário, gesticulando para que eu me sentasse, ao entrar na sala, e jogando-se de costas sobre um divã. – Vejo – disse ele, percebendo que não entendi imediatamente a polidez de uma acolhida tão singular – vejo que está atônito com meus aposentos; minhas estátuas, meus quadros; a originalidade de minha concepção de arquitetura e mobília! Está completamente embriagado, não está, com minha magnificência? Mas perdoe-me, caro senhor – naquele momento, baixou a voz, a um tom de absoluta cordialidade – perdoe-me por ter rido de forma tão grosseira. O senhor parecia estar extremamente atarantado. Além disso, algumas coisas são tão completamente absurdas, que devemos rir ou morrer. Morrer rindo deve ser a mais gloriosa de todas as mortes! Sir Thomas More... um homem muito distinto, ele era... Sir Thomas More morreu rindo, como deve se lembrar. Também, na obra *Absurdos*, de Ravisius Textor, há uma longa lista de personagens que deparam-se com esse magnífico fim. Sabia, contudo – continuou, absorto pelas reflexões –, que em Esparta (que hoje é chamada de Paliochori), em Esparta, como ia dizendo, ao oeste da cidadela, em meio a um caos de ruínas muito pouco visíveis, existe um tipo de plinto, onde ainda estão legíveis as letras *AAEM*. Fazem parte, indubitavelmente, de *PEAAEMA*. Agora, em Esparta, havia milhares de templos e altares, dedicados a milhares de divindades diferentes. Que estranho o altar ao Riso ter sobrevivido a todos os outros! Mas, nesse caso – continuou, com uma estranha mudança em sua voz e seus modos –, não tenho o direito de divertir-me às suas custas. É claro que você ficaria surpreso. A Europa não conseguiria produzir algo tão estupendo quanto isso, meu pequeno gabinete real. Meus outros aposentos não são, nem de longe, do mesmo tipo; são apenas excessos de insipidez moderna. Isto é melhor do que a modernidade, não é? Ainda assim, não entrou em voga; quero dizer, entre aqueles que teriam os meios de produzir algo assim, às custas de todo o seu patrimônio. Tomei precauções contra semelhante profanação. Com uma exceção, você é o único ser humano, além de mim e meu criado, que teve permissão para vislumbrar os mistérios deste recinto imperial, desde que foram decorados desta forma!

Assenti em reconhecimento, pois a sensação sobrepujante de esplendor, perfume e música, em conjunto com a inesperada excentricidade de sua fala e seus modos, impediram-me de expressar com palavras minha apreciação daquilo que poderia ter sido interpretado como um elogio.

– Aqui – prosseguiu, levantando-se e apoiando-se em meu braço, enquanto passeava pelo cômodo – aqui tenho quadros, desde os gregos até Cimabue, e de Cimabue até o presente. Muitos foram escolhidos, como pode ver, com pouca deferência às opiniões de Virtu. Entretanto, todos são uma adequada tapeçaria para um recinto como este. Aqui também tenho algumas das obras-primas dos talentosos, porém desconhecidos; e aqui, desenhos inacabados, feitos por homens, célebres em sua época, cujo nome foi deixado, pela perspicácia das academias, no esquecimento e para mim. O que acha – perguntou, virando-se abruptamente enquanto falava o que acha desta *Madonna della Pietà?*

– É a do próprio Guido! – exclamei, com todo o meu entusiasmo natural, pois estivera observando atentamente sua extrema beleza. – É mesmo a de Guido! Como conseguiu obtê-la? Ela está, sem dúvida, para a pintura como a *Vênus* está para a escultura.

– Ha! – disse ele, pensativo. – A Vênus... a linda *Vênus? A Vênus de Médici?* Da cabeça pequena e dos cabelos dourados? Parte de seu braço esquerdo – abaixou tanto a voz, que ouvi com dificuldade – e todo o direito são restaurações; e é justo o charme de seu braço direito que carrega a essência de sua afetação. Prefiro a de Canova! O *Apolo* também é uma cópia, não pode haver dúvidas... tolo cego que sou, que não consegue ver a vangloriosa inspiração do *Apolo!* Não consigo, tenha pena de mim! Não consigo impedir-me de preferir *Antínoo*. Não foi Sócrates que disse que o escultor encontra sua estátua dentro do bloco de mármore? E depois Michelangelo não foi nem um pouco original ao escrever seus versos:

"Non ha l'ottimo artista alcun concetto
Che un marmo solo in se non circunscriva" [2]

Foi observado, ou deveria ter sido, que, à maneira do verdadeiro cavalheiro, estamos sempre cientes de que os modos vulgares são diferentes, sem conseguir, de imediato, determinar do que se trata tal diferença. Admitindo que tal observação se aplicara plenamente ao comportamento de meu conhecido, senti, naquela manhã agitada, que se aplicava ainda mais a seu temperamento moral e caráter. Tampouco posso definir melhor aquela peculiaridade de espírito, que parecia separá-lo tão essencialmente de todos os outros seres humanos, a não ser que me referisse a isso como um *hábito* de reflexão intensa e contínua, que permeava até mesmo seus atos mais triviais – intrometendo-se em seus momentos de galanteio –, e entremeando-se com seus arroubos de alegria, como víboras que se contorcem através dos olhos das máscaras sorridentes, nas cornijas dos templos de Persépolis.

Entretanto, não pude deixar de observar, repetidas vezes, por baixo do tom formado pela mistura de leviandade e solenidade com o qual ele rapidamente discorria sobre assuntos de pouca importância, um certo ar de trepidação – um grau de fervor ansioso, de ação e discurso –, uma excitabilidade irrequieta, que parecia-me, em todos os momentos, inexplicável, e que, em algumas ocasiões, até mesmo enchia-me de preocupação. Também, com frequência, pausando no meio de uma frase, cujo começo parecia ter esquecido, ele parecia estar escutando, com a mais profunda atenção, a chegada esperada de um visitante ou sons que deviam existir apenas em sua imaginação.

---

2 N. da T.: "Não há qualquer ideia de um grande artista que o mármore não possa, em si, circunscrever".

Foi durante um desses devaneios, ou pausas de aparente abstração, que, ao virar uma página da linda tragédia do poeta e erudito Policiano, *Orfeu* (a primeira tragédia nativa italiana), que estava ao meu lado, sobre um divã, descobri um trecho sublinhado com lápis. Era um trecho do final do terceiro ato, extremamente emocionante, um trecho que, apesar de maculado com impurezas, nenhum homem conseguiria ler sem um estremecimento de emoção, e nenhuma mulher sem suspirar. A página inteira estava manchada por lágrimas recentes; e o verso continha as seguintes estrofes em inglês, escritas com uma letra tão diferente dos caracteres peculiares de meu conhecido, que tive dificuldade para reconhecê-la como a dele:

Foste tudo para mim, meu amor
Os anseios que em minh'alma jaziam
Uma ilha verdejante, meu amor
Onde uma fonte e um altar existiam
Decorados com frutas e flores
E a mim as flores pertenciam.
Ah, sonho brilhante demais para ter durado!
Ah, esperança estrelada que abrolhou
Para depois dar lugar ao nublado!
Uma voz do futuro exclamou
"Em frente!", mas no passado
(abismo escuro!) meu espírito ficou
Mudo, imóvel, aterrado!
Pois, ai de mim! Para meu pesar
A luz de minha vida se foi
"Nunca mais, nunca mais, nunca mais"
(Esta fala prende o solene mar
Aos litorâneos areais)
A árvore atingida pelo raio irá germinar
E a águia não voltará a voar jamais!
Estou constantemente hipnotizado;
E de minha mente toda a clareza

É absorta por seu rosto corado,
Pelos lugares onde andas com ligeireza,
Em qual baile enlevado,
Por quais canais de Veneza.
Ó! Devido àquela época deleitosa
Foste levada para outra região,
Do amor, para a velhice fidalga e criminosa,
E um leito de profanação!
Longe de mim, e de nossa terra brumosa,
Onde lamenta o salgueiro-chorão!

O fato de esses versos terem sido escritos em inglês – idioma que não achava que seu autor conhecia – causou-me pouca surpresa. Estava bem ciente da extensão de suas habilidades, e do prazer singular que sentia ao ocultá-lo dos outros, a ponto de não surpreender-me com tal descoberta; mas o local de sua escrita, confesso, deixou-me atônito. Originalmente, fora escrita a palavra "Londres", posteriormente rasurada; mas não bem o suficiente para escondê-la de um olhar atento. Digo que isso causou-me uma enorme surpresa, pois lembrava-me bem de que, em uma antiga conversa com um amigo, perguntei especificamente se ele já conhecera, em Londres, a marquesa de Mentoni (que, alguns anos antes de seu casamento, morara na referida cidade), e sua resposta, se é que não me engano, deu a entender que jamais visitara a metrópole da Grã-Bretanha. Aproveito para mencionar que ouvira mais de uma vez (sem, é claro, acreditar em um relato que envolvia tantas improbabilidades) que a pessoa a quem me refiro era, não só por nascimento, como também por educação, um *inglês*.

– Há uma pintura – disse ele, sem perceber que eu compreendera a tragédia – há uma outra pintura que ainda não viu.

Afastando uma cortina, desencobriu um retrato de corpo inteiro da marquesa Afrodite.

A arte humana não poderia ter feito mais para delinear sua beleza sobre-humana. A mesma figura etérea que estivera parada à minha frente, na noite anterior, sobre os degraus do Palácio Ducal, estava à minha frente novamente. Mas, na expressão de seu semblante, completamente iluminado por um sorriso, ainda havia (anomalia incompreensível!) aquela caprichosa mancha da melancolia, que jamais será separada da perfeição da beleza. Seu braço direito estava dobrado sobre o peito. Com o esquerdo, apontava para baixo, para um vaso de formato curioso. Um pequeno pé de fada, o único que estava visível, mal encostava no chão; e, quase que indiscernível, na atmosfera brilhante que parecia envolver e reverenciar sua formosura, flutuava um par das mais delicadas asas que se pode imaginar. Meu olhar passou do quadro para a figura de meu amigo, e as vigorosas palavras de *Bussy D'Ambois,* de Chapman, tremeram instintivamente em meus lábios:

"Lá ele está
Como uma estátua romana! Se erguerá
Até que a morte o transforme em mármore!"

– Venha – disse ele, finalmente, virando-se para uma mesa de prata ricamente esmaltada e enorme, sobre a qual havia algumas taças, fantasticamente pintadas, junto com dois grandes vasos etruscos, do mesmo modelo extraordinário que aqueles no primeiro plano do retrato, e cheios do que eu supunha ser Johannisberger. – Venha – disse, abruptamente – vamos beber! Ainda é cedo... mas vamos beber. É cedo, mesmo – continuou, reflexivo, quando um querubim, com um pesado martelo de ouro, fez com que o cômodo ressoasse com a primeira hora após a aurora. – É cedo, de verdade... mas o que isso importa? Vamos beber! Vamos fazer uma libação àquele sol solene, que estas lamparinas e incensários espalhafatosos estão tão ansiosos por sobrepujar! – E, após forçar-me a brindar com ele, engoliu várias taças de vinho, em rápida sucessão.

– Sonhar – continuou, retomando o tom de sua conversa volúvel, enquanto erguia um dos magníficos vasos para perto da rica luz de um incensário – sonhar tem sido o negócio de minha vida. Portanto, mandei enquadrar, para mim mesmo, como pode ver, um recinto dos sonhos. Poderia ter erigido algum melhor, no coração de Veneza? Pode ver, ao seu redor, é verdade, uma mistura de ornamentações arquitetônicas. A castidade de Iônia é ofendida por artefatos antediluvianos, e as esfinges do Egito esticam-se sobre tapetes de ouro. Ainda assim, o efeito só é incongruente para os tímidos. Preocupações com o local adequado, e especialmente com o tempo, são os pesadelos que afugentam a humanidade para longe da contemplação daquilo que é magnífico. Eu já fui preso pelas regras da decoração; mas aquela sublimação da loucura amortalhou minha alma. Tudo isso, agora, é mais condizente com meu propósito. Como esses incensários arabescos, meu espírito contorce-se com fogo, e o delírio desta cena me molda para as visões mais selvagens daquela terra de sonhos verdadeiros, para onde partirei em breve.

Naquele momento, fez uma pausa abrupta, abaixou a cabeça na direção do peito, e parecia tentar ouvir algum som que eu não conseguia discernir. Finalmente, erguendo o corpo todo, olhou para cima, e pronunciou as palavras do bispo de Chichester:

"Espere por mim! Por nada no mundo
Deixarei de encontrá-la naquele vale profundo"

No instante seguinte, demonstrando o poder do vinho, jogou-se deitado sobre um divã.

Passos rápidos foram ouvidos, naquele momento, subindo as escadas, e batidas fortes à porta se seguiram. Comecei a correr para me antecipar a uma segunda perturbação, quando um criado da família Mentoni irrompeu no quarto e falou, em tom vacilante, engasgado por suas emoções, as seguintes palavras:

– Minha senhora! Minha senhora! Envenenada! Envenenada! Oh, bela, bela Afrodite!

Desconcertado, voei para o divã e tentei despertar o desacordado, para que ouvisse um pouco da surpreendente notícia. Mas seus membros estavam rígidos, seus lábios estavam lívidos, seus olhos, que há um minuto brilhavam, estavam vidrados pela *morte*. Afastei-me, tropeçando, na direção da mesa – minha mão pousou sobre uma taça rachada e enegrecida – e a compreensão de toda a terrível verdade tomou conta de minha alma.

O POÇO E O PÊNDULO

Impia tortorum longos hic turba furores
Sanguinis innocui, non satiata, aluit.
Sospite nunc patria, fracto nunc funeris antro,
Mors ubi dira fuit vita salusque patent [1]

Quadra composta para os portões de um mercado a ser construído no terreno do Clube Jacobino, em Paris

Eu estava doente, mortalmente doente por causa daquela longa agonia; e, quando finalmente me desamarraram e permitiram que sentasse, senti que estava desmaiando. A sentença – a terrível sentença de morte – foi a última frase clara que chegou aos meus ouvidos. Depois daquilo, os sons das vozes dos inquisidores pareciam mesclar-se, em um único zumbido indeterminado e onírico. Transmitia à minha alma a ideia de revolução; talvez por sua associação, em minha imaginação, com a roda de um moinho. Isso durou pouco, pois logo não ouvi mais nada. Porém, por algum tempo, consegui enxergar; mas com que exagero terrível! Vi os lábios dos juízes vestidos de preto. Pareciam estar brancos, mais brancos do que o papel em que escrevo estas palavras, e finos a ponto de serem grotescos; finos com a intensidade de sua expressão de firmeza, de resolução irredutível, de indiferença severa à tortura humana. Vi que o decreto do que, para mim, era o Destino, ainda estava sendo proferido por aqueles lábios. Vi-os contorcer-se em uma locução mortífera. Vi-os formar as sílabas de meu nome, e estremeci, porque nenhum som se seguiu. Também vi, por alguns momentos de horror delirante, os meneios suaves e quase imperceptíveis das tapeçarias negras que pendiam das paredes do cômodo. E então meu olhar pousou sobre as sete grandes velas sobre a mesa. De início, tinham um aspecto benigno, e pareciam anjos brancos e esguios que me salvariam; mas então, de repente, uma náusea mortal tomou conta de meu espírito, e senti todas as fibras do meu corpo sacudirem, como se eu houvesse encostado no fio de uma bateria galvânica, enquanto as formas angelicais transformavam-se em espectros sem sentido, com cabeça de

1 N. da T.: "Aqui, uma turba ímpia de torturadores, com uma sede insaciável de sangue inocente, alimentou, certa vez, seu longo frenesi. Agora, nossa pátria está segura, o antro funéreo foi destruído, e a vida e a saúde aparecem, onde antes havia a morte".

chama, e vi que nenhuma ajuda viria delas. Então, imiscuiu-se em minha imaginação, como uma rica nota musical, o pensamento de que doce descanso deve haver no túmulo. Tal ideia chegou gentil e sorrateiramente, e pareceu ter se passado um longo tempo, antes que eu pudesse apreciá-la por completo, mas logo que meu espírito começou a sentir e considerá-la adequadamente as figuras dos juízes desapareceram da minha frente, como que num passe de mágica; as altas velas mergulharam no nada, sua chama apagando-se por completo; o negrume da escuridão tomou conta de tudo; todas as sensações pareciam ter sido engolidas por uma correnteza insana, descendo rumo ao âmago do Hades. E então o silêncio, a quietude e a noite formaram o Universo.

Eu desmaiara, mas não posso dizer que perdera toda a consciência. O pouco que restara não tentarei definir ou até mesmo descrever; porém, nem tudo estava perdido. No mais profundo sono, não, em um delírio!, não, durante o desmaio!, não, na morte!, não, nem mesmo no túmulo tudo está perdido. Senão, não há imortalidade para o ser humano. Despertando do mais profundo sono, quebramos a fina teia de algum sono. Ainda assim, um segundo depois (por mais frágil que fosse a teia), não lembramos que sonhamos. Ao voltarmos para a vida, depois do desmaio, há dois estágios: primeiro, o dos sentidos mentais ou espirituais, e, segundo, os sentidos físicos, da existência. Parece provável que se, ao chegarmos ao segundo estágio, conseguíssemos nos recordar das impressões do primeiro, acharíamos essas impressões eloquentes sobre as memórias do abismo que fica além. E esse abismo é... o quê? Como podemos diferenciar suas sombras daquelas do túmulo? Mas se as impressões do que chamei de primeiro estágio não puderem ser voluntariamente lembradas, ainda assim, após um longo intervalo, não vêm sem ser chamadas, e ficamos imaginando de onde vieram? Aquele que nunca desmaiou não encontra palácios estranhos, e rostos extremamente familiares no carvão aceso; não vislumbra, flutuando no ar, as tristes visões que muitos podem não ver; não reflete sobre o perfume de alguma flor nova; sua mente não fica embasbacada com o significado de alguma cadência musical, que jamais prendera sua atenção.

Em meio a tentativas frequentes e absortas de lembrar-me; em meio a esforços para recuperar alguma parte do estado de aparente vácuo em que minha alma mergulhara, houve momentos em que sonhei com o sucesso; houve períodos breves, muito breves, em que conjurei lembranças que a razão lúcida de uma época posterior garantiu-me que só poderiam ser referentes àquela condição de aparente inconsciência. Essas sombras da memória falam claramente de figuras altas, que agarraram-me e levaram-me, em silêncio, para baixo, baixo, ainda mais baixo, até que uma horrível tontura tomou conta de mim, apenas por pensar sobre a descida interminável. Também falavam sobre um vago horror em meu coração, por causa da quietude antinatural do mesmo. E então surge uma sensação de imobilidade repentina de todas as coisas; como se aqueles que me carregavam (um horrendo trem!) houvessem ultrapassado, em sua descida, os limites do ilimitado, e feito uma pausa em seu penoso trabalho. Depois disso, lembro-me de um achatamento e uma umidade, e então tudo é loucura – a loucura de uma memória que se ocupa de coisas proibidas.

De repente, movimentos e sons voltaram para minha alma – o movimento tumultuado do coração e, em meus ouvidos, o som de suas batidas. Então, uma pausa, em que tudo ficou suspenso. Depois, novamente, sons e movimentos, e toques – uma sensação de formigamento, que perpassou meu corpo. Em seguida, a mera consciência da existência, sem pensamentos, condição essa que durou bastante. Após isso, muito repentinamente, seguiram-se os pensamentos e um horror paralisante, assim como uma tentativa desesperada de compreender meu verdadeiro estado. E então um forte desejo de mergulhar novamente na insensibilidade. Ato contínuo, um recobrar súbito dos sentidos, e esforços bem-sucedidos para me mexer. Depois disso, seguiram-se todas as lembranças do julgamento, dos juízes, das tapeçarias negras, da sentença, da tontura, do desmaio. A seguir, um esquecimento completo de tudo o que se passara depois, de tudo que o tempo e muitos esforços permitiram que eu me lembrasse vagamente.

Até então, eu não abrira os olhos. Sentia que estava deitado de costas, sem amarras. Estiquei o braço, e minha mão caiu sobre algo úmido e duro. Deixei que ficasse ali por vários minutos, enquanto tentava imaginar onde e o que eu poderia ser. Desejava muito utilizar-me de minha visão, mas não ousei. Temia o primeiro vislumbre dos objetos ao meu redor. Não tinha medo de ver coisas horríveis, mas ficaria aterrado se não houvesse nada para ver. Finalmente, com o coração tomado por um desespero selvagem, abri rapidamente os olhos. Meus piores pensamentos foram confirmados. O negrume da noite eterna me cercava. Respirava com dificuldade. A intensidade da escuridão parecia me oprimir e sufocar. A atmosfera estava intoleravelmente abafada. Continuei deitado, imóvel, e esforcei-me para usar a razão. Recordei-me do processo inquisitorial, e tentei deduzir, a partir daquele ponto, minha verdadeira condição. A sentença havia sido prolatada, e parecia-me que um longo tempo se passara desde então. Ainda assim, nem por um momento supus que estivesse morto de verdade. Tal suposição, não obstante o que lemos na ficção, é absolutamente inconsistente com a verdadeira existência; mas onde e em que condição estaria eu? Sabia que os condenados à morte costumavam perecer nos autos da fé, e um desses havia sido conduzido na mesma noite de meu julgamento. Será que havia sido enviado de volta para minha masmorra, para aguardar o próximo sacrifício, que não ocorreria por muitos meses ainda? Percebi imediatamente que não poderia ser. Havia uma demanda urgente por vítimas. Ademais, minha masmorra, assim como todas as celas dos condenados de Toledo, tinha chão de pedra, e a luz não era totalmente impedida de entrar.

Uma ideia aterrorizante fez com que meu sangue jorrasse em torrentes para meu coração e, por um breve período, desmaiei novamente. Ao recuperar-me, pus-me de pé imediatamente, tremendo com cada fibra de meu ser. Balancei os braços loucamente, para cima e para os lados, em todas as direções. Não senti nada, mas tive medo de dar um passo e acabar sendo impedido pelas paredes de uma tumba. Perspiração saía por todos os meus poros, e formava grandes gotas geladas em minha testa. A agonia do suspense tornou-se, eventualmente, intolerável e andei para a frente com cuidado, com os braços estendidos e os olhos saltando das órbitas, na esperança de captar algum raio de luz. Prossegui por vários passos, mas tudo continuava escuro e vazio. Respirei com mais facilidade. Parecia evidente que o meu não era, pelo menos, o mais horrendo dos destinos.

Então, conforme andava cuidadosamente para a frente, uma enxurrada de lembranças de vagos rumores sobre os horrores de Toledo assolou minha mente. Sobre as masmorras, coisas estranhas costumavam ser ditas – fábulas, eu pensava –, estranhas e aterradoras demais para repetir, exceto em sussurros. Será que eu havia sido deixado para perecer de fome, naquele mundo subterrâneo de escuridão? Ou que destino, talvez ainda mais medonho, me aguardava? Conhecia o caráter de meus juízes bem demais para duvidar de que o resultado seria a morte, e uma morte mais amarga do que de costume. A forma e o momento eram as únicas coisas que me ocupavam ou distraíam.

Meus braços esticados finalmente encontraram uma obstrução sólida. Era uma parede, aparentemente de pedras; bem macia, lodosa e fria. Segui-a tateando, pisando com toda a desconfiança cuidadosa que certas histórias antigas haviam inspirado em mim. Aquele processo, contudo, não permitiu que eu averiguasse as dimensões de minha masmorra, já que eu poderia dar uma volta completa e voltar para o ponto de partida, sem que me desse conta disso, de tão perfeitamente uniforme que a parede parecia ser. Procurei, portanto, o canivete que estivera em meu bolso quando fui levado para a câmara inquisitorial, mas não estava mais lá; minhas roupas haviam sido substituídas por uma bata de sarja áspera. Pensara em enfiar a lâmina em algum nicho pequeno entre as pedras, para identificar meu ponto de partida. Tal dificuldade era, contudo, apenas trivial; apesar de que, com minha mente desordenada como estava, pareceu, de início, insuperável. Rasguei uma parte da barra de meu robe e coloquei o fragmento na horizontal, nos ângulos das paredes. Ao tatear pela prisão, não poderia deixar de encontrar aquele pedaço de tecido, ao concluir a volta. Pelo menos, foi o que inicialmente pensei; mas não contara com a extensão da masmorra ou com minha própria fraqueza. O chão estava úmido e escorregadio. Segui aos tropeços por algum tempo, até que escorreguei e caí. Meu cansaço excessivo fez com que permanecesse prostrado, e o sono logo tomou conta de mim.

Ao acordar e esticar um braço, encontrei ao meu lado um pedaço de pão e uma jarra de água. Estava exausto demais para refletir sobre tal circunstância, mas comi e bebi avidamente. Logo depois, retomei minha volta pela prisão e, com muito esforço, deparei-me finalmente com o fragmento da sarja. Até o momento em que caíra, já havia contado 52 passos, e ao retomar minha andança, contei mais 48, até chegar no pedaço de pano. Então, havia um total de 100 passos; e, considerando que 2 passos formam 1 metro, presumi que a masmorra tivesse 50 metros no total. Entretanto, havia me deparado com vários ângulos nas paredes, de modo que não conseguia conjecturar sobre o formato da cripta; pois não podia deixar de presumir que era uma cripta.

Minhas pesquisas tinham pouco propósito – e certamente nenhuma esperança –, mas uma vaga curiosidade instou-me a continuar. Afastando-me da parede, decidi cruzar a área do recinto. De início, andei com extremo cuidado, pois o chão, apesar de parecer ser feito de algum material sólido, era traiçoeiro com seu lodo. Finalmente, contudo, criei coragem e não hesitei em pisar firmemente, tentando cruzar em uma linha tão reta quanto possível. Avançara uns 10 ou 12 passos daquela forma, quando o que sobrara da bainha rasgada de minha vestimenta enrolou-se em minhas pernas. Pisei sobre ela e caí pesadamente, de cara no chão.

Na confusão que se seguiu à minha queda, não reparei de imediato em uma circunstância surpreendente, que, alguns segundos depois, enquanto eu ainda jazia ali prostrado, chamou minha atenção. Foi assim: meu queixo estava sobre o chão da prisão, mas minha boca e a parte superior de minha cabeça, ainda que parecessem estar a uma elevação menor do que o queixo, não encostavam em nada. Ao mesmo tempo, minha testa parecia estar coberta por um vapor grudento, e o cheiro peculiar de fungos podres entrou em minhas narinas. Estiquei o braço para a frente e estremeci ao sentir que caíra bem na beirada de um poço circular, cuja extensão, é claro, eu não tinha como averiguar naquele momento. Tateando as pedras logo abaixo da margem, consegui desalojar um pequeno fragmento, e deixei que caísse no abismo. Por muitos segundos, tentei ouvir suas reverberações, conforme chocava-se contra as laterais do fosso, em sua descida; enfim ouvi um mergulho na água, seguido de vários ecos altos. Ao mesmo tempo, houve um som semelhante ao da abertura rápida de uma porta acima de minha cabeça, junto com um cerrar igualmente rápido, enquanto um tênue brilho de luz perpassou repentinamente a escuridão, e desapareceu de forma igualmente repentina.

Percebi claramente a perdição que havia sido preparada para mim, e parabenizei-me pelo acidente tempestivo que me fizera escapar. Mais um passo antes de minha queda, e o mundo nunca mais me veria. E a morte que acabara de evitar era justamente do tipo que considerara implausível e fabulosa, nas histórias que ouvira sobre a Inquisição. As vítimas de sua tirania tinham as opções de morte com suas agonias físicas diretas, ou morte com seus horrores morais mais horrendos. A mim fora reservada esta última. Com um longo período de sofrimento, meus nervos estavam em frangalhos, a ponto de que o som de minha própria voz me fazia estremecer, e tornara-me, sob todos os aspectos, um espécime apropriado para o tipo de tortura que me aguardava.

Com o corpo inteiro tremendo, tateei de volta para a parede, decidindo morrer ali, em vez de arriscar os terrores dos poços, que minha mente imaginava haver em vários pontos ao redor da masmorra. Se estivesse com outras condições mentais, poderia ter tido a coragem de pôr um fim ao meu sofrimento imediatamente, mergulhando em um daqueles abismos; mas era, naquele momento, o maior dos covardes. Tampouco podia esquecer o que lera sobre aqueles fossos: que a repentina extinção da vida não fazia parte de seus planos mais horríveis.

Minha agitação manteve-me acordado por várias e intermináveis horas, mas finalmente peguei no sono novamente. Ao despertar, encontrei ao meu lado, como antes, um pedaço de pão e uma jarra de água. Uma sede tremenda me consumia, de modo que esvaziei o recipiente com um gole. Devo ter sido drogado, porque mal terminara de beber, quando senti uma sonolência irresistível. Fui tomado por um sono profundo, como o sono da morte. Quanto durou é claro que não sei; porém, quando reabri os olhos, os objetos ao meu redor estavam visíveis. Por um brilho estranho e sulfuroso, cuja origem não consegui, de início, determinar, pude ver a extensão e a aparência da prisão.

Enganara-me completamente quanto a seu tamanho. Todo o circuito de suas paredes não tinha mais do que 25 metros. Por alguns minutos, tal fato perturbou-me em vão; verdadeiramente em vão! Por que o que poderia ser menos importante, nas terríveis circunstâncias em que me encontrava, do que as meras dimensões de minha masmorra? Mas minha mente tomara um estranho interesse por insignificâncias, de modo que ocupei-me com tentativas de explicar o erro que cometera em minhas medições. A verdade finalmente ocorreu-me. Em minha primeira tentativa de exploração, eu contara 52 passos, até o momento em que caí; deveria estar, naquele ponto, a um ou dois passos de distância do pedaço de tecido, ou ter, na verdade, quase completado a volta pela cripta. Então, peguei no sono e, ao acordar, devo ter feito o caminho contrário, supondo, assim, que o circuito tinha quase o dobro de seu tamanho real. A confusão de minha mente impediu-me de reparar que comecei a dar a volta com a parede à minha esquerda, e terminei com ela à direita.

Também me enganara quanto ao formato do recinto. Ao tatear, encontrara vários ângulos, e assim deduzira que tinha uma grande irregularidade, de tão potente que é o efeito da escuridão total sobre aquele que acabou de despertar da letargia ou do sono! Os ângulos eram apenas de umas ligeiras depressões, ou nichos, a intervalos desiguais. O formato geral da prisão era quadrado. O que eu pensara que fosse pedra, agora parecia ser ferro, ou algum outro metal, em enormes placas, cujas suturas ou juntas causavam as depressões. Toda a superfície daquele cercado metálico era grosseiramente coberta por aqueles artifícios horrendos e repulsivos, que as superstições fúnebres dos monges criara. As figuras de monstros em posturas ameaçadoras, com formas de esqueleto, e outras imagens verdadeiramente assustadoras espalhavam-se e desfiguravam as paredes. Observei que as silhuetas daquelas monstruosidades eram suficientemente distintas, mas que suas cores pareciam apagadas e borradas, como se devido a uma atmosfera úmida. Reparei também no chão, que era feito de pedra. Em seu centro abria-se o poço circular, de cujas mandíbulas eu escapara; mas era o único que havia naquela masmorra.

Enxerguei tudo isso difusamente, e com muito esforço, pois minha situação mudara muito enquanto dormia. Agora, estava deitado de costas, totalmente esticado, em uma espécie de estrutura baixa de madeira. A ela estava amarrado com força, por uma longa faixa semelhante a uma sobrecilha. Fazia várias voltas sobre meus membros e corpo, deixando livre apenas minha cabeça e meu braço esquerdo, com o qual podia, até certo ponto, após muito esforço, pegar comida de uma vasilha de barro que estava ao meu lado, no chão. Vi, para meu horror, que a jarra fora removida. Digo para meu horror, pois estava sendo consumido por uma sede intolerável. Estimular tal sede parecia ser o objetivo de meus algozes, pois a comida no prato era carne com temperos pungentes. Olhando para cima, examinei o teto de minha prisão. Tinha uma altura de uns 10 ou 12 metros, e fora construído de forma bastante semelhante às paredes. Em um de seus painéis, uma figura singular prendeu por completo minha atenção. Era uma pintura do Tempo, como costuma ser representado, exceto que, no lugar de uma foice, segurava aquilo que, à primeira vista, pensei ser a imagem de um enorme pêndulo, como se vê em relógios antigos. Contudo, havia algo na aparência daquela máquina, que fez-me examiná-la com mais atenção. Ao olhar para cima, diretamente para ela (pois estava posicionada imediatamente acima de mim), pensei tê-la visto se mexer. Um instante depois, minha impressão foi confirmada. Seu movimento era breve e, é claro, lento. Observei aquilo por alguns minutos, com um pouco de medo, mas mais surpresa. Quando cansei-me de observar seu movimento entediante, virei o olhar para os outros objetos na cela.

Um ligeiro barulho atraiu minha atenção e, olhando para o chão, vi várias ratazanas enormes atravessando o recinto. Haviam saído do poço, que estava visível à minha direita. Mesmo então, enquanto eu observava, uma multidão delas apareceu correndo, com olhares famintos, atraída pelo cheiro da carne. Tive que dispender muito esforço e muita atenção para afugentá-las.

Deve ter se passado meia hora, talvez até uma (pois só conseguia ter uma vaga noção do tempo), antes que pudesse olhar para cima novamente. O que vi naquele momento deixou-me confuso e atônito. O movimento do pêndulo aumentara de extensão, em quase 1 metro. Naturalmente, sua velocidade também estava bem maior. Mas o que mais me perturbou foi a ideia de que ele descera perceptivelmente. Naquele momento, reparei – desnecessário dizer com que horror – que sua extremidade interior era formada por uma crescente de aço brilhante, com cerca de 30 centímetros de extensão, de ponta a ponta; as pontas eram voltadas para cima, e a lâmina abaixo era claramente tão afiada quanto uma navalha. Também como uma navalha, parecia ser maciço e pesado, com a ponta fina aumentando até transformar-se em uma estrutura larga mais acima. Estava presa a uma pesada haste de cobre, e o instrumento todo sibilava ao balançar-se no ar.

Não pude mais duvidar da ruína preparada para mim pela engenhosidade dos monges para a tortura. Os agentes da inquisição haviam percebido que eu tomara ciência do poço – o poço cujos horrores haviam sido destinados a um recusante tão ousado quanto eu –, o poço, típico do inferno, e considerado pelos rumores como sendo a *Ultima Thule* [2] de

2 N. da T.: Nome dado pelos gregos à ilha mais ao norte da Grã-Bretanha; aqui, com o sentido figurativo de algo desconhecido, além do que pode ser imaginado.

todas as suas punições. Eu evitara mergulhar naquele poço unicamente por causa do mais insignificante dos acidentes, sabia que a surpresa ou o tormento através de armadilhas faziam uma parte importante de todos os elementos grotescos das mortes naquelas masmorras. Depois que não caí, o plano demoníaco não incluía lançar-me no abismo; e, assim (já que não havia outra alternativa), uma destruição diferente e mais branda me aguardava. Mais branda! Quase sorri em meio a meu sofrimento, ao pensar na aplicação de tal termo.

Para que contar as longas, longas horas de horror mais do que mortal, durante as quais contei as vibrações rápidas do aço! Centímetro por centímetro, linha por linha, em uma descida que só podia ser enxergada a intervalos que pareciam eras, cada vez mais ele descia! Dias se passaram, pode ser que tenham sido dias, antes que ele balançasse tão perto de mim, a ponto de abanar-me com seu hálito acre. O odor do aço afiado entrava à força em minhas narinas. Rezei, cansei os céus com minhas preces para que descesse mais rápido. Entrei num frenesi de loucura, e tentei forçar meu corpo para cima, de encontro à oscilação da medonha cimitarra. E então senti-me calmo de repente, e deitei-me ali, sorrindo para a morte reluzente, como uma criança rindo para algum adereço raro.

Passei por mais um período de absoluta inconsciência; foi breve, pois ao despertar, o pêndulo não descera perceptivelmente. Mas pode ter sido longo, pois sabia que havia demônios observando meu desmaio, que poderiam ter parado os movimentos a seu bel-prazer. Também após recuperar-me, senti-me muito – ah, indizivelmente – fraco e doente, como se estivesse há muito desnutrido. Até mesmo durante as agonias daquele período, a natureza humana ansiava por comida. Com um esforço doloroso, estiquei o braço esquerdo até onde minhas amarras permitiam, e peguei os poucos restos deixados para mim pelas ratazanas. Ao levar um pouco à boca, ocorreu-me repentinamente um pensamento vago de alegria – de esperança. Porém, o que esperança tinha a ver comigo? Como disse, foi apenas um pensamento vago; os seres humanos têm vários desses, que nunca são concluídos. Senti que era de alegria, de esperança; mas também senti que perecera enquanto se formava. Tentei aperfeiçoá-lo, recuperá-lo, em vão. O longo período de sofrimento quase que aniquilara todas as forças costumeiras de minha mente. Havia me tornado um imbecil, um idiota.

A vibração do pêndulo formava um ângulo reto com o comprimento de meu corpo. Vi que a crescente fora projetada para cruzar a região do coração. Rasgaria a sarja de minhas vestes, voltaria para repetir suas operações, de novo, e de novo. Não obstante a enorme distância coberta por seu balançar (cerca de 9 metros ou mais) e o sibilar vigoroso de sua descida, suficiente para fender até mesmo as paredes de ferro, rasgar minhas vestes seria tudo o que faria, por vários minutos. Ao pensar nisso, pausei. Não ousei ir mais longe com tal reflexão. Mergulhei nela com atenção pertinaz – como se, ao fazê-lo, pudesse parar a descida do aço. Forcei-me a ponderar sobre o som da crescente, quando passasse pela roupa – sobre a sensação eletrizante e peculiar que a fricção de tecidos causa nos nervos. Ponderei sobre todas essas frivolidades, até estar à beira de um ataque de nervos.

Descia, descia em ritmo constante, cada vez mais. Senti um prazer feroz ao comparar a velocidade de descida com a lateral. Para a direita, para a esquerda, ao longe, com o grito de uma alma penada; em direção ao meu coração, com o ritmo sorrateiro de um tigre! Alternava entre risos e urros, conforme uma das ideias predominava.

Descia, descia certa e inclementemente! Vibrava a menos de 10 centímetros de meu peito! Debati-me com fúria e violência, tentando liberar meu braço esquerdo. Ele estava livre apenas do cotovelo até a mão. Conseguia levar esta última, do prato ao meu lado, até a boca, com muito esforço, mas não além. Se conseguisse romper as amarras acima do cotovelo, teria agarrado e tentado parar o pêndulo. Seria a mesma coisa que tentar parar uma avalanche!

Descia, ainda, sem cessar, continuava descendo, inevitavelmente! Eu arfava e me debatia, a cada vibração. Tremia convulsivamente a cada oscilação. Meus olhos seguiam seu balançar, para fora ou para cima, com a mais desesperada ansiedade; fechavam-se espasmodicamente a cada descida, apesar de a morte ter sido um alívio indescritível! Ainda assim, tremi até o último fio de cabelo, ao pensar na minúscula descida do aparelho que seria necessária para enfiar a lâmina afiada e brilhante em meu peito. Era a esperança que me fazia tremer, meu corpo se encolher. Era a esperança – a esperança que triunfa nos instrumentos de tortura, que sussurra para os condenados até mesmo nas masmorras da Inquisição.

Vi que umas dez ou doze vibrações trariam o aço efetivamente em contato com minhas vestes, e essa observação fez com que minha alma fosse tomada pela calma astuta e controlada do desespero. Pela primeira vez em muitas horas, ou talvez dias, pensei. Ocorreu-me, naquele momento, que a amarra, ou sobrecilha, que me prendia era única. Eu não estava amarrado por uma corda separada. O primeiro golpe da crescente afiada sobre qualquer parte da amarra a cortaria, de modo que poderia ser desenrolada de meu corpo, com minha mão esquerda. Mas como seria assustadora, naquele caso, a proximidade do aço! Como seria mortal o resultado do menor movimento! Ademais, seria provável que os servos do torturador já houvessem previsto e se preparado para tal possibilidade! Qual seria a chance de que a tira que cruzava meu peito estivesse no caminho do pêndulo? Temendo descobrir que minha tênue, e pelo que parecia, minha última esperança seria frustrada, ergui a cabeça o suficiente para conseguir enxergar direito meu peito. A tira circundava meus membros e meu corpo bem de perto, em todas as direções – exceto no caminho da crescente destruidora.

Mal havia voltado a cabeça para sua posição original, quando surgiu de supetão em minha mente o que não consigo descrever melhor do que a metade malformada daquela ideia de salvação à qual aludi anteriormente, e da qual apenas uma parte flutuara indeterminadamente por minha cabeça, enquanto levava comida à boca. Agora, o pensamento inteiro estava presente – tênue, lúcido e definido apenas em parte, mas inteiro. Comecei imediatamente, com a energia nervosa do desespero, tentar colocá-lo em prática.

Por muitas horas, os arredores imediatos da estrutura baixa sobre a qual eu jazia estiveram literalmente tomados por ratazanas. Eram selvagens, ousadas e estavam famintas; seus olhos vermelhos lampejavam em minha direção, como se estivessem esperando só imobilidade de minha parte para fazerem de mim sua presa.

– Com que comida – pensei – será que estão acostumadas, lá no poço?

Haviam devorado, apesar de todos os meus esforços para impedi-las, tudo, menos uma pequena parte do que havia no prato. Eu já me habituara a fazer gestos de um lado para o outro com a mão ao redor do prato; e, finalmente, a uniformidade inconsciente do movimento fez com que se tornasse ineficaz. Em sua voracidade, as pestes frequentemente enterravam seus dentes afiados em meus dedos. Peguei os restos da carne oleosa e apimentada que sobraram, e esfreguei-os vigorosamente na amarra, em todas as partes que conseguia alcançar; em seguida, afastando minha mão do chão, fiquei absolutamente imóvel.

De início, os animais esfaimados ficaram surpresos e aterrorizados com a mudança, com a cessação do movimento. Encolheram-se, assustados, e muitos voltaram para o poço. Mas isso durou apenas um momento. Eu não contara em vão com sua voracidade. Percebendo que eu continuava imóvel, alguns dos mais ousados saltaram sobre a estrutura e cheiraram a amarra. Isso pareceu ser o sinal para uma correria geral. Irromperam de dentro do poço, cada vez em maior número. Agarravam-se à madeira – tomaram-na de assalto, e saltavam em centenas sobre minha pessoa. Os movimentos certeiros do pêndulo não perturbaram os animais nem um pouco. Evitando seus golpes, ocuparam-se com a amarra untada. Pressionavam-me, pululando sobre mim em montes cada vez maiores. Contorciam-se em cima de meu pescoço;

seus lábios gelados buscavam os meus; eu estava quase sufocado pela pressão de seu ajuntamento; um asco indescritível preencheu meu peito e gelou meu coração, fazendo-me suar frio. Ainda assim, sentia que bastaria um minuto para que a provação terminasse. Vi claramente que a amarra estava se soltando. Sabia que, em mais de um lugar, já devia ter se rompido. Com uma determinação sobre-humana, fiquei parado.

Não errara em meus cálculos, e tampouco suportara aquilo em vão. Eventualmente, senti que estava livre. A amarra pendia em tiras de meu corpo. Mas os golpes do pêndulo já apertavam meu peito. Já dividira a sarja de minhas vestes. Cortara o linho abaixo dela. Balançou mais duas vezes, e uma dor lancinante perpassou todos os meus nervos. Mas o momento da fuga chegara. Com um gesto de minha mão, minhas salvadoras saíram correndo, desbaratinadas. Com um movimento firme – cuidadoso, enviesado, na direção oposta e lento –, deslizei para longe do abraço da amarra e para fora do alcance da cimitarra. Pelo menos naquele momento, eu estava livre.

Livre! E nas garras da Inquisição! Mal me afastara de meu leito de horrores, sobre o chão de pedras da prisão, quando o movimento da máquina infernal cessou, e a vi sendo erguida, por alguma força invisível, pelo teto. Essa foi uma lição que levei extremamente a sério. Todos os meus movimentos estavam indubitavelmente sendo observados. Livre! Escapara da morte por um tipo de agonia, para ser mandado para outra pior, de algum outro tipo. Com este pensamento, olhei nervosamente para as barreiras de ferro que me prendiam. Algo incomum... alguma mudança, que não consegui identificar de primeira, havia obviamente ocorrido naquele recinto. Por vários minutos de abstração pensativa e trêmula, ocupei-me em vão com conjecturas desconexas. Durante aquele período, tomei ciência, pela primeira vez, da origem da luz sulfurosa que iluminava a cela. Vinha de uma fissura, de cerca de 1 centímetro de largura, que se estendia ao redor de toda a prisão, na parte inferior das paredes, que pareciam, por isso, completamente separadas do chão, e de fato o eram. Tentei, em vão, é claro, olhar pela abertura.

Ao levantar-me, depois da referida tentativa, entendi imediatamente o mistério da mudança na câmara. Observara que, apesar de as silhuetas das figuras nas paredes serem suficientemente distintas, as cores pareciam borradas e indefinidas. Aquelas cores haviam assumido, e continuavam assumindo, o mais surpreendente e intenso brilho, que dava aos retratos espectrais e aterradores um aspecto que teria desconcertado até alguém que tivesse nervos mais firmes do que os meus. Olhos demoníacos, de uma vivacidade estranha e medonha, faiscavam para mim, de mil direções, onde nenhum estivera visível antes, e brilhavam com o fulgor lúgubre de uma chama que eu não conseguia forçar minha mente a considerar irreal.

Irreal! Até mesmo quando eu respirava, o cheiro de ferro aquecido entrava em minhas narinas! Um odor sufocante permeava a prisão! O brilho aprofundava-se a cada momento nos olhos que testemunhavam minhas agonias! Um tom mais profundo de carmim espalhava-se sobre os horrores sangrentos retratados. Eu arfava! Lutava para respirar! Não podia haver dúvidas quanto ao objetivo de meus algozes – ah! Os mais inclementes e demoníacos dentre os homens! Encolhi-me para longe do metal chamejante, no centro da cela. Enquanto pensava na iminente destruição pelo fogo, a ideia do frescor do poço tomou conta de minha alma como um bálsamo. Corri até sua beirada mortal. Apertei os olhos para enxergar o fundo. O fulgor do telhado em chamas iluminava seus recônditos mais longínquos. Ainda assim, em um momento de loucura, minha mente recusou-se a compreender o significado do que eu via. Finalmente, aquela visão abriu caminho à força até minha alma, gravou sua imagem em minha mente aterrada. Ah, se conseguisse descrever! Que horror! Qualquer horror, menos aquele! Com um grito, corri para longe da beira e enterrei o rosto nas mãos, chorando amargamente.

O calor aumentava rapidamente, e olhei novamente para cima, estremecendo como se estivesse tomado pela peste. Uma segunda mudança fora feita à cela, desta vez claramente quanto à sua forma. Assim como antes, foi em vão que tentei, de início, identificar ou compreender o que estava acontecendo. Mas não fiquei na dúvida por muito tempo. A vingança inquisitorial fora apressada por minhas duas escapadas, e não haveria mais demora com o Rei dos Terrores. O recinto, antes, era quadrado. Vi que dois de seus ângulos de ferro agora eram agudos – e os outros dois, consequentemente, obtusos. A diferença assustadora rapidamente aumentou, com um estrondo ou ronco baixo. Em um instante, o formato da câmara transformara-se em um losango. Mas a alteração não parava por aí, e eu nem esperava, nem desejava que parasse. Estava a ponto de abraçar as paredes vermelhas, como uma veste da paz eterna.

– Morte – disse – qualquer morte, menos a do poço!

Tolo! Como poderia não saber que o objetivo do ferro em brasa era justamente empurrar-me para o poço? Como resistiria a seu calor? Ou como sobreviveria à sua pressão? Então, o losango ficava cada vez mais achatado, com uma rapidez que não me permitia ter tempo para refletir. Seu centro, e, é claro, sua largura maior se aproximavam do abismo. Encolhi-me para trás – mas as paredes que se fechavam empurravam-me implacavelmente para a frente. Finalmente, não havia mais um centímetro de chão firme para meu corpo queimado e contorcido. Não lutei mais, apenas extravasei a agonia de minha alma com um grito de desespero, alto, longo e final. Senti que vacilava na beira... desviei o olhar...

Houve um zumbido discordante de vozes humanas! Um ressoar alto, como o de vários trompetes! Um estrondo, como de mil trovões! As paredes ardentes se afastaram! Um braço esticado segurou-me por um dos meus, enquanto eu caía, desmaiado, no abismo. Era do general Lasalle. O Exército francês invadira Toledo. A Inquisição estava nas mãos de seus inimigos.

O ENTERRO PREMATURO

Há certos assuntos pelos quais o interesse é unânime, mas que são horríveis demais para os fins da ficção legítima. Devem ser evitados pelo mero romancista, se não quiser ofender ou enojar. São tratados de forma adequada somente quando a severidade e a majestade da Verdade os santificam e sustentam. Vibramos, por exemplo, com a mais intensa "dor prazerosa" ao ler relatos sobre a Batalha de Berezina, sobre o terremoto em Lisboa, a peste em Londres, o Massacre de São Bartolomeu ou o sufocamento dos 123 prisioneiros no Buraco Negro de Calcutá. Mas, nesses relatos, são a concretude, a realidade, a história que despertam as emoções. Como invenções, deveríamos encará-los com simples aversão.

Já mencionei algumas das calamidades mais proeminentes e famosas registradas; mas é sua extensão, tanto quanto sua natureza, que impressiona as mentes tão vividamente. Não preciso lembrar o leitor de que, dentre o longo e estranho catálogo da miséria humana, eu poderia ter selecionado vários casos individuais que fossem mais repletos de sofrimento do que qualquer um desses desastres gerais. A verdadeira desgraça, na verdade – a tristeza suprema – é particular, e não difusa. Os horrendos extremos da agonia são sofridos pelo indivíduo, e nunca pela massa – agradeçamos por isso ao misericordioso Deus!

Ser enterrado vivo é, sem dúvida, o mais aterrador desses extremos, entre os que já se abateram sobre os meros mortais. O fato de que já ocorreu com frequência, com muita frequência, não pode ser negado pelos seres pensantes. As fronteiras que dividem a Vida da Morte são obscuras e vagas. Quem sabe dizer onde uma acaba, e a outra começa? Sabemos que há doenças que causam uma cessação total de todas as funções vitais aparentes, mas essas cessações são apenas suspensões, para usar o termo correto. São somente pausas temporárias do mecanismo incompreensível. Um certo período se passa, e algum princípio inescrutável e misterioso coloca novamente os eixos mágicos e as engrenagens fantásticas em movimento. O fio de prata não se rompera para sempre, tampouco ficará a tigela dourada irreparavelmente quebrada. Mas onde, enquanto isso, esteve a alma?

Entretanto, além da conclusão inevitável, a priori, de que tais causas devem produzir tais efeitos – que a famosa ocorrência desses casos de animação suspensa origina –, além dessa consideração, temos o testemunho direto das experiências médicas e comuns, para provar que uma enorme quantidade desses enterros realmente ocorreu. Posso citar imediatamente, se necessário, uma centena de casos bem autenticados. Um bastante notável, e cujas circunstâncias podem estar frescas na memória de alguns de meus leitores, ocorreu há pouco tempo, na cidade vizinha de Baltimore, onde causou uma comoção dolorosa, intensa e abrangente. A esposa de um dos cidadãos mais respeitáveis – um advogado eminente, e membro do Congresso – foi tomada por uma doença repentina e inexplicável, que desafiou por completo as habilidades de seus médicos. Após muito sofrer, ela faleceu, ou supostamente faleceu. Ninguém suspeitou, tampouco tinha motivos para tanto, que ela não estava realmente morta. Apresentava todas as indicações comuns da morte. Seu rosto assumiu as linhas e depressões de costume. Seus lábios tinham a costumeira palidez. Seus olhos perderam o brilho. Não exalava calor. Seu pulso cessara. Por três dias, o corpo foi preservado, sem ser enterrado, durante os quais adquirira uma rigidez de pedra. Em resumo, o funeral foi apressado por causa do rápido progresso do que se supunha ser a decomposição.

A senhora foi colocada na cripta de sua família, que permaneceu sem ser perturbada pelos próximos três anos. Ao final desse período, foi aberta para receber um caixão – mas meu Deus! Que choque horrendo aguardava seu marido, que abrira as portas pessoalmente! Quando estas foram apartadas para fora, um objeto branco caiu, chacoalhando, em seus braços. Era o esqueleto de sua esposa, em sua mortalha ainda preservada.

Uma investigação cuidadosa tornou evidente que ela revivera dois dias após seu enterro; que suas contorções dentro do caixão o fizeram cair de uma base, ou prateleira, ao chão, onde se quebrou e permitiu que ela escapasse. Uma lamparina, que fora cheia de óleo, foi encontrada vazia; poderia ter se exaurido, contudo, pela evaporação. Nos primeiros degraus, que davam para a câmara dos horrores, estava um fragmento do caixão, com o qual ela aparentemente tentara chamar atenção, batendo na porta de ferro. Enquanto ocupava-se com isso, provavelmente desmaiou, ou possivelmente morreu, de puro terror; e, ao cair, sua mortalha enganchou-se em algum pedaço de ferro que se projetava para dentro. Assim permaneceu, e assim deteriorou-se, ereta.

Em 1810, um caso de inumação viva aconteceu na França, sob circunstâncias que muito confirmam a declaração de que a verdade é realmente mais estranha do que a ficção. A heroína da história é uma tal de mademoiselle Victorine Lafourcade, uma jovem de família ilustre, rica e de grande beleza. Seus inúmeros pretendentes incluíam Julien Bossuet, um pobre escritor ou jornalista de Paris. Seus talentos e amabilidade geral chamaram a atenção da herdeira, por quem ele parece ter sido amado de verdade; mas sua posição social elevada fez com que acabasse rejeitando-o e casando-se com um tal de monsieur Renelle, banqueiro e diplomata de alguma eminência. Após o casamento, contudo, o cavalheiro negligenciou-a, e talvez a tenha até mesmo maltratado. Tendo passado com ele alguns anos infelizes, morreu – pelo menos, sua condição parecia-se o suficiente com a morte para enganar todos os que a viram. Foi enterrada – não em uma cripta, e sim em um túmulo comum, no vilarejo onde nascera. Tomado pelo desespero, e ainda comovido pelas lembranças de seu profundo afeto, o apaixonado viaja da capital para a província remota onde se localiza o vilarejo, com o romântico objetivo de exumar o cadáver e apossar-se de suas lindas madeixas. Ele chega até o túmulo. À meia-noite, desenterra o caixão, abre-o e está a ponto de cortar o cabelo, quando é paralisado pela abertura dos olhos de sua amada. Na verdade, a dama fora enterrada viva. Sua vida não se esvaíra por completo, e fora despertada pelas carícias de seu amado da letargia confundida com a morte. Ele a leva, desesperado, até seus aposentos no vilarejo. Empregou certos restaurativos poderosos, que conhecia por ter estudado profundamente a medicina. No fim, ela reviveu. Reconheceu seu salvador. Permaneceu com ele até que, lentamente, recuperou sua saúde original. Seu coração feminino não era irredutível, e esta última lição servira para amolecê-lo. Entregou-o a Bossuet. Não voltou para o marido, e sim, escondendo dele sua ressurreição, fugiu com seu amante para os Estados Unidos. Vinte anos depois, os dois voltaram para a França, convencidos de que os anos haviam alterado tanto a aparência da dama, que seus conhecidos não a reconheceriam. Entretanto, estavam enganados, pois assim que a viu, monsieur Renelle reconheceu a esposa e tentou reivindicá-la. Ela contestou tal reivindicação, e um tribunal tomou seu lado, decidindo que as circunstâncias peculiares, em conjunto com a longa passagem dos anos, haviam extinguido, não só equitativa como também legalmente a autoridade do marido.

A *Revista Cirúrgica*, de Leipzig, periódico de grande autoridade e mérito, que algum livreiro americano poderia muito bem traduzir e republicar, registrou, em uma edição recente, um evento muito inquietante, da natureza em questão.

Um oficial de artilharia, homem de estatura gigantesca e saúde robusta, após ser lançado de um cavalo incontrolável, sofreu uma contusão severa na cabeça, que fez com que desmaiasse imediatamente; seu crânio teve uma leve fratura, mas nenhum perigo imediato foi identificado. O trépano foi aplicado com sucesso. Sangraram-no e muitos outros meios comuns de propiciar alívio foram adotados. Contudo, seu estado de estupor piorou gradativamente, até que, finalmente, pensaram que estava morto. O clima estava quente, e ele foi enterrado com uma pressa indecente, em um dos cemitérios públicos. Seu enterro foi numa quinta-feira. No domingo seguinte, o terreno do cemitério ficou, como de costume, bastante cheio de visitantes, e por volta do meio-dia causou muita comoção a declaração de um camponês, de que, ao sentar-se sobre o túmulo do oficial, sentira claramente a terra se mexer, como se devido a alguém contorcendo-se abaixo. De início, prestaram pouca atenção à asseveração do homem, mas seu evidente terror e a obstinação com que persistiu na história acabaram por fazer efeito sobre a multidão. Arrumaram pás rapidamente, e o túmulo, que era vergonhosamente raso, foi aberto o suficiente, em poucos minutos, para que a cabeça de seu ocupante aparecesse. Estava, então, aparentemente morto; mas estava sentado quase ereto em seu caixão, cuja tampa ele levantara parcialmente, em seus esforços furiosos.

Foi levado imediatamente para o hospital mais próximo, e lá pronunciado vivo, ainda que sufocado. Após algumas horas, reviveu, reconheceu alguns conhecidos, e falou, em frases entrecortadas, sobre o que sofrera no túmulo.

Pelo que relatou, ficou claro que ele devia ter passado pelo menos uma hora consciente, enquanto estava enterrado, antes de desmaiar. O túmulo fora tapado, descuidada e folgadamente, com uma terra excessivamente porosa, o que permitira a entrada de um pouco de ar. Ouviu os passos da multidão acima dele, e tentou fazer com que o ouvissem de volta. Foi o tumulto no cemitério, disse ele, que pareceu despertá-lo de um sono profundo, mas logo que acordou ficou ciente dos horrores de sua situação.

Esse paciente, de acordo com os relatos, passava bem e parecia encaminhar-se para uma recuperação completa, mas acabou sendo vítima do charlatanismo de um experimento médico. Aplicaram-lhe a bateria galvânica, e ele morreu repentinamente por um daqueles paroxismos que ela ocasionalmente induz.

A menção à bateria galvânica, contudo, faz-me pensar em um caso famoso e extraordinário, em que seu uso foi o meio de reanimar um jovem advogado londrino, que estivera enterrado por dois dias. Isso ocorreu em 1831, e criou, na época, um furor extremo, sempre que era assunto de conversas.

O paciente, o sr. Edward Stapleton, morrera aparentemente de febre tifoide, acompanhada por certos sintomas anômalos, que haviam despertado a curiosidade de seus médicos. Após sua morte aparente, pediram a seus familiares que autorizassem um exame *post-mortem*, o que foi negado. Como costuma acontecer em casos de recusa como esse, os médicos decidiram desenterrar o corpo e dissecá-lo a seu bel-prazer, em particular. Um acordo foi feito facilmente com alguns dos inúmeros ladrões de cadáveres, que pululam por Londres; e, na terceira noite após o enterro, o suposto corpo foi retirado de seu túmulo de 2,5 metros de profundidade, e colocado na sala de autópsias de um dos hospitais particulares.

Uma incisão um tanto longa já fora feita no abdômen, quando a aparência fresca e preservada do espécimen sugeriu a aplicação da bateria. Um experimento seguiu-se ao outro, e os efeitos costumeiros apareceram, sem que nada indicasse algo de incomum, exceto em uma ou duas ocasiões, quando as convulsões pareceram mais vivas acima do normal.

A madrugada foi passando. O dia estava prestes a raiar, e os médicos acharam melhor prosseguir imediatamente para a dissecação. Um dos alunos, contudo, estava particularmente desejoso de testar sua própria teoria, e insistiu na aplicação da bateria em um dos músculos peitorais. Um corte grosseiro foi feito, e um fio foi rapidamente conectado, quando o paciente, com um movimento apressado, porém nem um pouco convulsivo, levantou-se da mesa, andou até o meio da sala, olhou ao seu redor por alguns segundos, e então... falou. O que disse era ininteligível, mas palavras foram pronunciadas, as sílabas estavam claras. Após falar, caiu pesadamente ao chão.

Por alguns momentos, todos ficaram paralisados pela surpresa – mas a urgência do caso logo fez com que recuperassem a presença de espírito. Viram que o sr. Stapleton estava vivo, ainda que desmaiado. Após fazerem com que inalasse éter, despertou e rapidamente recobrou sua saúde, voltando ao convívio de seus amigos – dos quais, contudo, todas as informações sobre sua ressuscitação foram escondidas, até que se certificassem de que não haveria alguma recaída. Seu assombro, sua estupefação extasiada, podem imaginar como foram.

A peculiaridade mais eletrizante desse incidente, contudo, diz respeito ao que o próprio sr. S. declara. Alega que, em nenhum momento, esteve completamente inconsciente; que, embotado e confuso, estava cônscio de tudo o que acontecia com ele, desde o momento em que foi pronunciado morto por seus médicos, até cair desmaiado no chão do hospital. "Estou vivo", foram as palavras incompreendidas que, ao reconhecer a sala de autópsias, tentara dizer, em seu desespero.

Seria fácil arrumar inúmeras histórias como esta; mas não o farei, pois não precisamos delas para estabelecer o fato de que enterros prematuros acontecem. Quando refletimos sobre as raras ocasiões, dada a natureza dos casos, em que temos o poder de detectá-los, devemos admitir que devem ocorrer frequentemente sem nosso conhecimento. Na verdade, poucas vezes um cemitério é devassado, para qualquer fim, até qualquer ponto, e esqueletos não são encontrados em posições que sugerem a mais medonha das suspeitas.

A suspeita é mesmo medonha – mas mais medonho é esse destino! Podemos declarar, sem hesitação, que nenhum evento é tão terrivelmente propício para inspirar a suma angústia física e mental quanto um enterro antes da morte. A insuportável pressão sobre os pulmões, as sufocantes emanações da terra úmida, as mortalhas grudando no corpo, o rígido abraço do recinto estreito, o negrume da noite absoluta, o silêncio, como um mar que subjuga, a invisível, porém palpável, presença dos vermes famintos, estas coisas, junto com os pensamentos sobre o ar e a grama acima, as lembranças dos entes queridos que correriam para nos salvar, se ao menos soubessem de nosso destino, e a consciência de que jamais ficarão sabendo de tal destino, que nosso futuro desesperançado é o mesmo daqueles que estão realmente mortos, todas essas considerações, como digo, afetam nosso coração, que ainda palpita, com tamanho horror chocante e intolerável, do qual até mesmo a imaginação mais ousada recua. Não sabemos de nada mais agonizante nesta terra, e não conseguimos imaginar nada tão hediondo nas entranhas do Inferno. Assim, todas as narrativas sobre esse assunto despertam um profundo interesse; um interesse, ainda assim, que, devido ao assombro sagrado do próprio assunto, depende, correta e peculiarmente, de nossa certeza da verdade da história narrada. O que tenho para contar agora parte de meu próprio conhecimento; de minha própria experiência, concreta e pessoal.

Por vários anos, estive sujeito a ataques de um transtorno extremamente incomum, que os médicos convencionaram chamar de catalepsia, por falta de um nome mais definitivo. Apesar de as causas imediatas e precedentes, e até mesmo o diagnóstico efetivo, dessa doença ainda serem um mistério, sua natureza óbvia e aparente é suficientemente compreendida. O que mais parece variar é sua severidade. Às vezes, o paciente fica prostrado apenas por um dia ou até mesmo por um período mais curto, em uma espécie de letargia extrema. Fica insensível e externamente imóvel, mas a pulsação de seu coração ainda é ligeiramente perceptível; alguns traços de calor permanecem; uma cor tênue continua a aparecer em seu rosto; e, ao levar um espelho à frente de seus lábios, pode-se detectar uma ação fraca, desigual e vacilante dos pulmões. Ou então o transe pode durar semanas, até mesmo meses, durante os quais a análise mais minuciosa e os exames médicos mais rigorosos não conseguem estabelecer qualquer distinção relevante entre a condição do paciente e o que concebemos como a morte absoluta. Geralmente, é salvo do enterro prematuro apenas pelo fato de que seus familiares sabem que sofre de catalepsia, pela consequente suspeita despertada e, acima de tudo, pela ausência da decomposição. O progresso da doença é, felizmente, gradual. As primeiras manifestações, ainda que claras, são inequívocas. Os acessos ficam cada vez mais distintos, e duram mais do que costumavam. É esta a principal prevenção contra a inumação. O infeliz cujo primeiro ataque seja da natureza extrema, que é ocasionalmente vista, quase que inevitavelmente seria enviado vivo para o túmulo.

Meu próprio caso não diferiu em nenhum detalhe relevante dos mencionados nos livros de medicina. Às vezes, sem causa aparente, eu mergulhava, pouco a pouco, em uma condição de semissíncope ou algo semelhante a um desmaio; e, em tal condição, sem sentir dor, sem conseguir me mexer ou, estritamente falando, pensar, mas com uma consciência letárgica e embotada da vida e da presença daqueles que estavam ao redor de minha cama, eu permanecia, até a crise cessar e eu voltar, repentinamente, à plena consciência. Em outras ocasiões, era golpeado rápida e impetuosamente. Ficava enjoado, dormente, gelado e zonzo, e caía prostrado imediatamente. E então, por semanas, tudo era um vácuo, negro e silencioso, e o Nada tornava-se o Universo. A aniquilação total não podia ser maior do que aquilo. Entretanto, acordava destes últimos ataques com uma graduação lenta e proporcional à brusquidão do achaque. Como o dia raia para o mendigo solitário e desassistido que vaga pelas ruas durante as longas noites frias do inverno, tão tarde e tão exaustivo quanto isso, assim como com tanta alegria, a luz da Alma voltara para mim.

Além da tendência para esses transes, contudo, minha saúde em geral parecia ser boa; não via que era afetada de forma alguma por uma doença prevalente – a não ser, é claro, que uma idiossincrasia em meu sono pudesse ser considerada superinduzida. Ao despertar, nunca conseguia recobrar os sentidos imediatamente, e sempre passava vários minutos chocado e perplexo, com minhas faculdades mentais em geral, mas especialmente minha memória, em uma condição de suspensão absoluta.

Tudo o que eu sofria não trazia qualquer sofrimento físico, mas uma angústia moral infinita. Minha mente tornou-se lúgubre, eu falava sobre "vermes, túmulos e epitáfios". Perdia-me em imaginações sobre a morte, e a ideia de um enterro prematuro controlava constantemente meus pensamentos. O medonho perigo ao qual eu estava sujeito assombrava-me dia e noite. Durante o dia, o sofrimento causado por minhas reflexões era tremendo; durante a noite, era supremo. Quando a assustadora Escuridão espalhava-se pela Terra, eu tremia, com cada pensamento de horror, tremia como as plumas que enfeitam a carruagem fúnebre. Quando a natureza não me permitia mais aguentar ficar acordado, entregava-me relutantemente ao sono, pois estremecia ao pensar que, ao acordar, poderia descobrir que tornara-me o ocupante de um túmulo. E, quando finalmente pegava no sono, mergulhava imediatamente em um mundo de fantasmas, acima do qual, com asas enormes, negras e ofuscantes, pairava a predominante Ideia sepulcral.

Dentre as inúmeras imagens sombrias que oprimiam-me nos sonhos, escolhi registrar uma única visão. Pensei que estava imerso em um transe cataléptico mais longo e profundo do que o normal. De repente, uma mão gelada tocou em minha testa, e uma voz impaciente e balbuciante sussurrou as palavras "Levante-se!" em meu ouvido. Sentei-me ereto na cama. A escuridão era absoluta. Não conseguia ver a figura que havia me acordado. Não conseguia lembrar-me do momento em que mergulhara no transe, nem de onde estava deitado, naquele instante. Enquanto estava ali imóvel, tentando organizar meus pensamentos, a mão fria agarrou com força meu pulso, sacudindo-o de forma petulante, enquanto a voz balbuciante dizia, novamente:

– Levante-se! Não ordenei que se levantasse?

– E quem – perguntei – é você?

– Não tenho nome, nas regiões que habito – respondeu a voz, tristemente. – Já fui mortal, mas agora sou um monstro. Fui inclemente, mas agora sou digno de pena. Veja como estremeço. Meus dentes batem enquanto falo, mas não é por causa da noite fria, da noite sem fim. Mas esta atrocidade é insuportável. Como consegue dormir tranquilamente? Não consigo descansar, por causa das lamentações ensejadas por estas grandes agonias. Estas visões são piores do que posso suportar. Levante-se! Venha comigo para a Noite lá fora, e deixe-me explicar a você sobre os túmulos. Não é um espetáculo lamentável? Veja!

Olhei, e a figura oculta, que ainda agarrava-me pelo pulso, abrira os túmulos de toda a humanidade, e de cada um deles saía o tênue brilho fosfórico da decomposição, de modo que eu conseguia enxergar as suas partes mais profundas, e lá ver os corpos amortalhados, em seu sono triste e solene, junto com os vermes. Mas meu Deus! O número dos que dormiam verdadeiramente era muito menor, por milhões, do que aqueles que não dormiam de forma alguma; e havia um debater fraco, uma inquietude triste e generalizada; e das profundezas das inúmeras covas vinha um farfalhar melancólico das vestes dos enterrados. E, entre aqueles que pareciam repousar tranquilamente, vi que uma vasta quantidade mudara, em maior ou menor grau, a posição rígida e desconfortável em que foram originalmente enterrados. E a voz disse novamente para mim, enquanto eu olhava:

– Não é? Ah, não é uma cena deplorável?

Porém, antes que eu conseguisse encontrar as palavras para responder, a figura soltara meu pulso, as luzes fosfóricas se apagaram, e os túmulos se fecharam com uma violência repentina, enquanto um caos de gritos desesperados saía deles, dizendo novamente:

– Não é? Ó céus, não é uma cena muito deplorável?

Fantasias como essa, apresentando-se à noite, estendiam sua terrível influência para a maior parte dos meus dias. Meus nervos ficaram completamente em frangalhos, e tornei-me presa do horror perpétuo. Hesitava cavalgar, andar ou permitir-me fazer qualquer exercício que me tirasse de casa. Na verdade, não ousava mais sair da presença daqueles que estavam cientes de minha propensão para a catalepsia, para que, ao ter um de meus ataques, não fosse enterrado antes que minha verdadeira condição fosse identificada. Duvidava do cuidado e da fidelidade de meus amigos mais próximos. Temia que, em um transe mais longo do que de costume, eles pudessem ser convencidos a considerar-me irrecuperável. Cheguei a ponto de temer que, por dar trabalho demais, eles pudessem considerar com prazer algum ataque duradouro uma desculpa suficiente para se livrarem de mim. Tentavam acalmar-me com as mais solenes promessas, mas era tudo em vão. Extraí de todos eles os mais sagrados juramentos, de que em nenhuma circunstância me enterrariam, até que a decomposição estivesse tão avançada a ponto de impossibilitar a preservação de meu corpo. Mas mesmo assim meu medo mortal não dava ouvidos à razão – não aceitava qualquer consolo. Tomei uma série de precauções elaboradas. Entre outras coisas, mandei reformar a cripta de minha família, de modo que pudesse ser facilmente aberta por dentro. A mais leve pressão sobre uma longa alavanca, que chegava bem no centro da tumba, faria com que o portal de ferro voasse para trás. Também fiz arranjos para a livre entrada de luz e ar, e receptáculos convenientes para comida e água, ao alcance do caixão destinado a me receber. Tal caixão teria um acolchoado quente e macio, e seria equipado com uma tampa projetada com base nos princípios do portão da cripta, com o acréscimo de molas, criadas de tal maneira que o menor movimento do corpo seria suficiente para soltá-las. Além de tudo isso, um grande sino estava suspenso do teto da tumba, cuja corda passaria por um buraco no caixão, e seria amarrada em uma das mãos do cadáver. Mas para quê? Do que serve a vigilância contra o Destino dos homens? Nem mesmo essas medidas engenhosas foram suficientes para salvar, da extrema agonia da inumação em vida, um infeliz destinado para tanto!

Chegou um momento – como já chegara várias vezes antes – em que peguei-me emergindo da inconsciência total, rumo à primeira, tênue e indefinida, consciência da existência. Lentamente, no ritmo de uma tartaruga, aproximei-me da ligeira aurora cinzenta do dia psíquico. Um desconforto entorpecido. Uma resistência apática da dor contínua. Sem preocupações, sem esperanças, sem esforços. Então, após um longo intervalo, um zumbido nos ouvidos; em seguida, depois de um período ainda mais longo, um pinicar ou adormecimento nas extremidades; depois, um período aparentemente eterno de repouso agradável, durante o qual as sensações do despertar esforçam-se para transformar-se em pensamentos; e então um breve mergulho de volta ao nada, e depois uma recuperação repentina. Por fim, o ligeiro tremer das pálpebras e, imediatamente depois disso, o choque elétrico de um terror, mortal e indefinido, que manda o sangue em torrentes, das têmporas para o coração. E agora o primeiro esforço concreto para pensar. Depois, a primeira tentativa de lembrar. Em seguida, um sucesso parcial e evanescente. Então, a memória recuperou seus domínios o suficiente para que, até certo ponto, eu tenha ciência de minha condição. Sinto que não estou acordando de um sono comum. Lembro-me de que estive sujeito à catalepsia. E agora, finalmente, como se fosse o rugido do oceano, meu espírito chocado é sobrepujado pelo primordial Perigo sombrio; pela ideia espectral e prevalente.

Por alguns minutos, após ser possuído por aquela ideia, permaneci imóvel. Por quê? Não conseguia criar coragem para me mexer. Não ousava fazer o esforço que confirmaria meu destino; ainda assim, algo em meu coração sussurrava para mim, dizendo que tinha certeza. Desespero, de um tipo que nenhuma outra desgraça causa, foi apenas o desespero que instou-me, após um longo período de indecisão, a erguer as pesadas pálpebras de meus olhos. Ergui-as. Estava escuro; tudo estava escuro. Sabia que o acesso acabara. Sabia que a crise de minha doença já passara há muito tempo. Sabia que já havia recuperado por completo minhas capacidades visuais; ainda assim, tudo estava escuro, tudo escuro, a intensa e absoluta falta de luz, da Noite que dura para sempre.

Tentei gritar, e meus lábios e minha língua ressecados moveram-se convulsivamente – mas nenhuma voz saiu de meus pulmões cavernosos, oprimidos de tal forma que pareciam estar sob o peso de uma montanha, ofegando e palpitando, junto com o coração, a cada inspiração elaborada e laboriosa.

O movimento da mandíbula, neste esforço para gritar, mostrou-me que estava amarrada, como é costume fazer com os mortos. Também senti que estava deitado sobre algo duro, e era comprimido por algo semelhante nas laterais. Até então, não tentara mexer nenhum de meus membros; mas, naquele momento, ergui com força os braços, que estavam esticados sobre meu corpo, com os pulsos cruzados. Bateram em alguma madeira sólida, que estendia-se acima de minha pessoa, não mais de 15 centímetros acima de meu rosto. Não podia mais duvidar de que finalmente repousava em um caixão.

Então, em meio a todas as minhas infinitas desgraças, surgiu o doce anjo da Esperança: pois pensei nas precauções que tomara. Contorci-me e fiz esforços espasmódicos para abrir a tampa à força. Encostei em meus pulsos, à procura da corda conectada ao sino: não estava em lugar algum. Assim, aquilo que me reconfortava sumiu para sempre, e um desespero ainda maior reinou, triunfante, pois também reparei na ausência do acolchoamento que havia preparado com tanto cuidado; seguiu-se a isso o odor forte e repentino de terra úmida. A conclusão era inevitável. Não estava dentro da cripta. Entrara em um de meus transes quando estava longe de casa, em meio a estranhos; quando ou como, não conseguia recordar, mas haviam sido eles que me enterraram como um cão, preso em algum caixão comum, enfiado nas profundezas, para sempre, em uma cova ordinária e sem identificação.

Enquanto esta certeza terrível penetrava à força nos recessos mais íntimos de minha alma, tentei gritar novamente. Esta segunda tentativa foi bem-sucedida. Um grito longo, selvagem e contínuo de agonia ressoou pela noite subterrânea.

– Olá, olá! – respondeu uma voz rouca.

– Que diabos está acontecendo agora? – disse uma segunda.

– Parem com isso! – exclamou uma terceira.

– O que está fazendo, berrando desse jeito, como um gato selvagem? – falou uma quarta. Naquele instante, fui agarrado e sacudido sem cerimônia, por vários minutos, por um grupo de indivíduos de aparência bastante rude. Não me despertaram, pois eu estava completamente acordado quando gritei, mas fizeram com que eu me lembrasse de tudo o que acontecera.

Essa aventura ocorrera perto de Richmond, na Virgínia. Acompanhado por um amigo, eu embarcara em uma viagem de caça, descendo alguns quilômetros pelas margens do rio James. A noite caía, e fomos pegos por uma tempestade. Uma pequena chalupa, ancorada no rio e coberta por mofo, era o único abrigo que tínhamos disponível. Fizemos o que pudemos, e passamos a noite a bordo. Dormi em um dos dois únicos leitos do barco – e os leitos de uma chalupa de 60 ou 20 toneladas dispensam descrição. O que eu ocupara não tinha colchão. Sua maior largura era de 45 centímetros. A distância entre ele e o convés acima era exatamente a mesma. Tivera bastante dificuldade para entrar e deitar-me sobre ele. Apesar disso, dormi profundamente, e a visão que tivera – pois não foi um sonho, nem um pesadelo – adviera naturalmente das circunstâncias de minha posição, da propensão costumeira de meus pensamentos, e da dificuldade, à qual já me referi, de recobrar os sentidos, especialmente de recuperar minhas lembranças, por um longo tempo após acordar. Os homens que me sacudiram eram os tripulantes da chalupa, e alguns trabalhadores contratados para descarregá-la. A carga exalava um cheiro de terra. A atadura em minha mandíbula era um lenço de seda com o qual eu amarrara minha cabeça, na ausência de meu costumeiro gorro de dormir.

Os tormentos que aguentei, contudo, foram indubitavelmente iguais, enquanto duraram, aos de uma sepultura verdadeira. Foram assustadoramente, inconcebivelmente horrendos; mas o mal dera lugar ao bem, pois foi justamente sua extremidade que causou, em meu espírito, uma inevitável repulsa. Minha alma adquiriu tonalidade, temperamento. Saí. Fiz exercícios vigorosos. Respirei o ar livre dos céus. Pensei em outros assuntos, que não a morte. Descartei meus livros de medicina. "Buchan" eu queimei. Não li mais *Pensamentos Noturnos*, nenhum sensacionalismo sobre cemitérios, nenhum conto de dar medo como aquele. Em resumo, virei um novo homem, e vivi a vida de um homem. Desde aquela noite memorável, ignorei por completo minhas apreensões fúnebres, e com elas sumiu o transtorno cataléptico, do qual talvez tenham sido a causa, em vez da consequência.

Há momentos em que, até mesmo para o olhar sóbrio da razão, o mundo de nossa triste humanidade pode assumir a aparência de um inferno – mas a imaginação humana não é nenhuma Carathis,[1] que possa explorar com impunidade todas as suas cavernas. Ó! Infelizmente, a sombria legião de horrores sepulcrais não pode ser considerada pura imaginação; mas, assim como os demônios em cuja companhia Afrasiab viajou pelo rio Oxus, precisam dormir ou nos devorarão – precisam ser colocados para dormir ou pereceremos.

1 N. da T.: Em *Vathek*, de William Bedford, Carathis era uma bruxa que tem permissão para se deleitar com todos os tesouros do inferno por um dia, antes que seja condenada à danação eterna.

O DOMÍNIO DE ARNHEIM

O jardim parecia-se com uma bela donzela,
Deitada e dormindo tranquilamente,
Sem enxergar os céus azuis acima dela.
O campo celestial, organizado e fulgente,
Em um grande círculo, por luzes decorado lindamente.
As flores de luz, e as gotas orvalhadas,
Que pendiam de suas folhas esverdeadas,
Pareciam fulgores, brilhando na noite estrelada
Giles Fletcher

Do berço ao túmulo, uma brisa de prosperidade impulsionou meu amigo Ellison. E não uso o termo "prosperidade" em sua acepção meramente mundana. Refiro-me a ele como um sinônimo de felicidade. A pessoa de quem falo parecia ter nascido para prenunciar as doutrinas de Turgot, Price, Priestley e Condorcet, para exemplificar, com instâncias individuais, o que tem sido chamado de quimera dos perfeccionistas. Durante a breve existência de Ellison, considero ter refutado o dogma que dita que a própria natureza do ser humano contém algum princípio oculto, o antagonista da bem-aventurança. Uma análise ansiosa de sua carreira fez-me entender que, no geral, da violação de algumas leis humanas simples, advém a infelicidade da humanidade: que, como espécie, temos sob nossa posse os elementos de conteúdo, ainda brutos, e que, até mesmo agora, na atual escuridão e loucura de todas as reflexões sobre a grande questão das condições sociais, não é impossível que o ser humano, o indivíduo, sob certas condições incomuns e altamente fortuitas, consiga ser feliz.

De opiniões como estas, meu jovem amigo também compartilhava, de modo que vale observar que o gozo ininterrupto que marcou sua vida foi, em grande medida, o resultado de decisão prévia. É de fato evidente que, se tivesse menos da filosofia instintiva que ocasionalmente substitui tão bem a experiência, o sr. Ellison teria sido lançado, pelo próprio sucesso extraordinário de sua vida, ao vórtice comum da infelicidade que ameaça as pessoas com dons preeminentes. Mas não tenho a intenção de escrever um ensaio sobre a felicidade. As ideias de meu amigo podem ser resumidas em algumas palavras. Ele aceitava apenas quatro princípios, ou, melhor dizendo, condições para a bem-aventurança. A que considerava ser a condição principal era (que estranho dizer!) o simples e puramente físico exercício ao ar livre.

– A saúde – dizia – alcançada por qualquer outro caminho não merece receber esse nome.

Usava de exemplos o êxtase do caçador de raposas, e apontava para os lavradores como sendo as únicas pessoas que, como uma classe, podem ser consideradas mais felizes do que as outras. Sua segunda condição era o amor de uma mulher. Sua terceira, e a mais difícil de realizar, era o desprezo pela ambição. Sua quarta era objeto de perseguição contínua, e afirmava que, se todo o resto for igual, a extensão da felicidade atingível é proporcional à espiritualidade desse objeto.

Ellison era notável pela profusão contínua de bonanças que recebia da sorte. Seus encantos pessoais e sua beleza superavam os de todos os outros homens. Seu intelecto era do tipo para o qual a aquisição do conhecimento é menos um trabalho, e mais uma intuição e uma necessidade. Sua família era uma das mais ilustres do império. Sua noiva era a mais linda e devotada dentre as mulheres. Sempre tivera muitas posses; porém, ao atingir a maioridade, descobriu-se que uma daquelas extraordinárias anomalias do destino ocorrera em seu benefício, do tipo que surpreende o mundo e que raramente deixa de alterar radicalmente a constituição moral daqueles com quem acontece.

Parece que, cerca de 100 anos antes de o sr. Ellison atingir a maioridade, morrera, em uma província remota, um tal de sr. Seabright Ellison. Tal cavalheiro juntara uma fortuna estupenda e, sem ter parentes próximos, teve a ideia de deixar que sua riqueza se acumulasse por um século após sua morte. Estabelecendo, minuciosa e sagazmente, os vários meios de investimento que deveriam ser usados, deixou o valor total para seu parente de sangue mais próximo, que levasse o nome Ellison, que estivesse vivo ao final dos 100 anos. Muitas tentativas haviam sido feitas para desconsiderar essa forma singular de deixar a herança; o fato de serem feitas após o ato consumado impediu-as de serem bem-sucedidas, mas isso chamou a atenção do governo ganancioso, que finalmente aprovou um ato legislativo que proibia acumulações semelhantes. Entretanto, esse ato não impediu o jovem Ellison de tomar posse, em seu 21° aniversário, na qualidade de herdeiro de seu ancestral Seabright, de uma fortuna de 450 milhões de dólares.

Quando espalhou-se a notícia sobre a quantia da enorme herança, é claro que houve muitas especulações sobre o modo como seria utilizada. A magnitude e a disponibilidade imediata do valor embasbacavam todos os que refletiam sobre o assunto. Imaginava-se que o dono de tal quantidade significativa de dinheiro faria milhares de coisas diferentes. Com uma riqueza maior do que a de qualquer outra pessoa, seria fácil de imaginar que ele cometeria enormes extravagâncias, como ditava a moda de seu tempo, ou se ocuparia com intrigas políticas, almejaria poderes ministeriais, compraria um título de nobreza, criaria enormes museus, patrocinaria generosamente a literatura, a ciência, a arte, ou doaria e colocaria seu nome em extensas instituições de caridade. Porém, devido à riqueza inconcebível da qual o herdeiro estava de posse, essas metas e todos os outros objetivos comuns foram considerados limitados demais. As especulações recorreram aos números, mas estes serviram apenas para confundir. Concluiu-se que, ainda que fosse apenas de três por cento, os rendimentos anuais da herança totalizavam nada mais, nada menos do que 13.500.000 dólares, que dava 1.125.000 por mês; ou 36.986 por dia; 1.541 por hora; ou 26 dólares para cada minuto que se passasse. Assim, a costumeira linha de raciocínio dessas especulações era interrompida por completo. As pessoas não sabiam o que imaginar. Algumas até mesmo achavam que o sr. Ellison se desinvestiria de, pelo menos, metade de sua fortuna, por ser de uma opulência absolutamente supérflua, enriquecendo inúmeros de seus parentes com a divisão de sua abundância excessiva. Para seus parentes mais próximos, ele realmente abriu mão da riqueza incomum que era sua antes da herança.

Entretanto, não fiquei surpreso ao perceber que ele já se decidira, há muito tempo, quanto a um assunto que causara muita discussão entre seus amigos. Tampouco fiquei muito admirado com a natureza de sua decisão. Em relação a caridades individuais, ele já apaziguara sua consciência. Na possibilidade de qualquer melhoria significativa, feita pelo próprio homem, na condição geral da humanidade, ele tinha (sinto confessar) pouca fé. No geral, feliz ou infelizmente, só se pode contar, em grande medida, consigo mesmo.

No mais amplo e nobre sentido da palavra, ele era um poeta. Ademais, compreendia a verdadeira natureza, os objetivos augustos, a suprema majestade e a dignidade do sentimento poético. A mais completa, senão a única, satisfação desse sentimento, ele instintivamente acreditava jazer na criação de novas formas de beleza. Algumas peculiaridades, na educação que recebeu na infância ou na natureza de seu intelecto, haviam pintado, com o que se costuma chamar de materialismo, todas as suas especulações éticas; e talvez tenha sido este viés que o levou a acreditar que o campo mais vantajoso, senão o único legítimo, para o exercício poético é a criação de novas atmosferas de beleza puramente física. Foi assim que não tornou-se nem músico, nem poeta – se usarmos este último termo em seu sentido cotidiano. Ou pode ter deixado de se tornar qualquer um deles apenas pela busca de sua ideia, de que o desprezo pela ambição é um dos princípios essenciais da felicidade terrena. Não seria possível que, enquanto um alto nível de genialidade é necessariamente ambicioso, o mais alto de todos está acima daquilo que chamamos de ambição? E não pode ser que muitos escritores maiores do que Milton permaneceram, contentemente, "mudos e inglórios"? Acredito que o mundo nunca tenha visto – e tampouco verá, a não ser que ocorra através de uma série de acidentes, que faça com que uma mente do mais alto nível dispenda esforços que não queira – a plena extensão da execução triunfante, nos mais ricos domínios da arte, da qual a natureza humana é plenamente capaz.

Ellison não tornou-se nem músico, nem poeta, apesar de nunca ter havido alguém mais profundamente apaixonado pela música e pela poesia. Sob outras circunstâncias, não teria sido impossível que se tornasse um pintor. A escultura, apesar de sua natureza ser rigorosamente poética, tinha extensão e consequências limitadas demais para ocupar, a qualquer momento, muito de sua atenção. Agora, já mencionei todos os campos em que a compreensão comum do sentimento poético declara ser capaz de discorrer. Mas Ellison argumentava que o campo mais rico, verdadeiro e natural, senão o mais extenso, havia sido inexplicavelmente negligenciado. Nenhuma definição falara do jardineiro como um poeta; ainda assim, meu amigo acreditava que a criação de um jardim propiciava, para a musa adequada, a mais magnífica das oportunidades. Essa era, na verdade, a área mais justa para a exibição da imaginação, nas intermináveis combinações de novas formas de beleza; sendo que os elementos para tal combinação eram, devido à sua vasta superioridade, os mais gloriosos que a terra poderia prover. Nas múltiplas formas e cores das flores e das árvores, ele reconhecia os esforços mais diretos e vigorosos da natureza, em busca da beleza física. E, na direção ou concentração desses esforços – ou, mais apropriadamente, em sua adaptação aos olhos que os vislumbrariam na terra –, ele percebia que deveria empregar os melhores meios, trabalhar em prol da maior vantagem, na realização, não só de seu próprio destino como poeta como também dos propósitos augustos para os quais a Deidade havia implantado o sentimento poético nos seres humanos.

"Sua adaptação aos olhos que os vislumbrariam na terra." Ao explicar tal fraseologia, sr. Ellison contribuiu muito para resolver o que sempre me parecera um enigma: refiro-me ao fato (que apenas os ignorantes podem contestar) de que não existe nenhuma combinação de paisagem na natureza, que o gênio de um pintor consegue produzir. Não se encontra nenhum paraíso, na realidade, como os que brilham nas telas de Claude. Na mais encantadora paisagem natural, sempre haverá algum defeito ou excesso; muitos excessos e defeitos. Ainda que as partes que a compõem possam desafiar, individualmente, a melhor habilidade do artista, o arranjo dessas partes sempre será suscetível de melhora. Em resumo, não há posição que possa ser alcançada, em toda a superfície da Terra, da qual um olhar artístico, observando firmemente, não encontre um motivo de ofensa ao que se costuma chamar de "composição" da paisagem. Porém, que coisa ininteligível! Em todos os outros assuntos, somos corretamente instruídos a encarar a natureza como suprema. Evitamos competir com seus detalhes. Quem ousaria imitar as cores da tulipa ou aperfeiçoar as proporções do lírio do vale? A crítica que diz, sobre a escultura ou a pintura de retratos, que a natureza deveria ser exaltada ou idealizada, em vez de imitada, comete um erro. Nenhuma combinação pictórica ou escultural de pontos da beleza humana faz mais do que se aproximar da beleza viva e real. É apenas na jardinagem que o princípio da crítica é verdadeiro; e, tendo admitido sua verdade nesse quesito, foi apenas o espírito da generalização que induziu-o a declarar sua verdade através de todos os domínios da arte. Digo que admitiu sua verdade nesse quesito, pois tal sentimento não é uma afetação ou ilusão. A matemática não propicia demonstrações mais absolutas do que os sentimentos de sua arte fornecem ao artista. Ele não só acredita como também sabe com certeza que um ou outro arranjo da matéria, aparentemente arbitrário, constitui, sozinho, a verdadeira beleza. Seus motivos, contudo, ainda não amadureceram a ponto de poderem ser expressos. Uma análise mais profunda do que a que foi feita até então é necessária para que sejam inteiramente investigados e expressos. Ainda assim, suas opiniões instintivas são confirmadas pelas vozes de todos os seus semelhantes. Que uma "composição" seja falha; que uma correção seja feita ao arranjo de sua forma; que essa correção seja submetida a cada artista do mundo; a necessidade para tal será admitida por cada um deles. Mais do que isso: para remediar a composição defeituosa, cada membro individual da fraternidade teria sugerido uma correção idêntica. Repito que é apenas nos arranjos de jardinagem que a natureza física é suscetível de exaltação, e que, portanto, sua suscetibilidade para melhorias nesse sentido é um mistério que eu era incapaz de resolver. Minhas próprias opiniões sobre o assunto baseavam-se na ideia de que a intenção originária da natureza teria arranjado toda a superfície da

Terra, de modo que satisfizesse por completo a ideia humana de perfeição da beleza, do sublime ou do pitoresco; mas essa intenção originária fora frustrada pelas perturbações geológicas – perturbações de forma e cor –, na correção ou atenuação das quais se encontra a alma da arte. A força dessa ideia era bastante enfraquecida, contudo, pela necessidade que ensejava, de considerar as perturbações anormais ou impróprias para qualquer objetivo. Foi Ellison que sugeriu serem um prognóstico de morte. Explicou desta forma:

– Suponhamos que a imortalidade terrena do homem houvesse sido a primeira intenção. Assim, a organização originária da superfície da Terra era adaptada a este estado de graça, não como existente, e sim projetada. As perturbações foram os preparativos para sua condição mortal, concebida subsequentemente. Agora – disse meu amigo –, o que consideramos a exaltação da paisagem pode ser, na verdade, aquilo que diz respeito apenas ao ponto de vista moral ou humano. Cada alteração do cenário natural pode, possivelmente, causar uma mácula na imagem, se supusermos que esta imagem seja vista como um todo – em massa –, de algum ponto distante da superfície da Terra, ainda que não além dos limites da atmosfera. É facilmente compreensível que aquilo que possa melhorar um detalhe examinado de perto, pode, ao mesmo tempo, prejudicar um efeito geral ou observável a uma distância maior. Pode haver uma classe de criaturas, outrora humanas, mas agora invisíveis para a humanidade, para as quais, vista de longe, nossa desordem possa parecer ordem, nossa ordinariedade pareça especial: em resumo, os anjos terrenos, para cujo escrutínio, mais do que para o nosso, e para cuja apreciação pela beleza, refinada pela morte, os grandes jardins e paisagens dos hemisférios tenham sido organizados por Deus.

Durante nossa discussão, meu amigo citou alguns trechos de um escritor, sobre jardinagem, que se considera ter tratado bem este assunto: "Há apenas dois estilos de jardinagem, o natural e o artificial. Um deles busca resgatar a beleza original da natureza, adaptando seus meios à paisagem que os cerca, cultivando árvores em harmonia com as colinas ou as planícies vizinhas; detectando e colocando em prática as belas relações de tamanho, proporção e cor, que, escondidas do observador comum, são relevadas por todas as partes, para o estudante experiente da natureza. O resultado do estilo natural de jardinagem é visto na ausência de todos os defeitos e incongruidades, na prevalência de uma harmonia saudável e da ordem, em vez da criação de alguma maravilha ou milagre especial. O estilo artificial tem tantas variedades quanto gostos diferentes para atender. Tem uma certa relação geral com os diversos estilos arquitetônicos. Temos os imponentes caminhos e recantos de Versalhes; os terraços italianos; e uma mistura de estilos antigos ingleses, que têm certa relação com a arquitetura gótica ou elisabetana. O que quer que possa ser dito contra os abusos da jardinagem artificial, uma mistura de arte pura em um jardim acrescenta a ele uma grande beleza. Isso é parcialmente agradável aos olhos, pela demonstração de ordem e propósito, e parcialmente moral. Um terraço com uma balaustrada antiga e coberta de musgo conjura imediatamente as lindas formas que já ocuparam aquele espaço. A mínima exibição da arte é uma prova de cuidado e interesse humano".

– Pelo que já observei – disse Ellison –, você entenderá que rejeito a ideia aqui expressa, de resgatar a beleza original da natureza. A beleza original nunca é tão grande quanto aquela que pode ser introduzida. É claro que tudo depende da escolha de um local com potencial. O que é dito sobre identificar e colocar em prática boas relações de tamanho, proporção e cor é apenas um daqueles discursos vagos, que servem para mascarar a imprecisão do pensamento. A frase citada pode significar qualquer coisa, ou nada, e não serve de guia para coisa alguma. O fato de que o verdadeiro resultado do estilo natural de jardinagem é visto na ausência de todos os defeitos e incongruidades, em vez da criação de qualquer maravilha ou milagre, é uma proposição que condiz mais com a apreensão bajuladora do rebanho do que com os sonhos fervorosos de um homem de genialidade. O mérito negativo sugerido diz respeito àquela crítica claudicante, que, na literatura, elevaria Addison à apoteose. Na verdade, apesar de aquela virtude, que consiste apenas em evitar o vício, apela diretamente ao entendimento, e pode, assim, ser circunscrita em uma regra, a virtude mais elevada, que arde com a criação, pode ser apreendida somente através de seus resultados. A regra se aplica apenas aos méritos da negação, às excelências que se abstêm. Para além desses, a arte crítica só pode sugerir. Podemos ser instruídos a construir um "Catão",[1] mas nos mandam em vão conceber um Parthenon, ou um "Inferno". Contudo, quando a coisa estiver terminada, e a maravilha atingida, a capacidade de apreensão se torna universal. Os sofistas da escola negativa, que, por sua incapacidade de criar, debocharam da criação, agora são os que aplaudem mais alto. Aquilo que, em seu estágio de crisálida, afrontava sua razão acanhada, nunca deixa de arrancar a admiração de seu instinto para a beleza, ao chegar na maturidade de sua realização. As observações do autor sobre o estilo artificial – continuou Ellison – são menos censuráveis. Uma mistura de arte pura, em uma cena de jardim, acrescenta a ela uma grande beleza. Isso é justo; também é uma referência ao senso de interesse humano. O princípio expresso é incontroverso; mas pode haver algo além. Pode haver algum objeto condizente com o princípio: um objeto inatingível através dos meios comumente possuídos pelos indivíduos, mas que, se atingido, emprestaria um charme ao jardim, que muito ultrapassaria aquilo que o senso de mero interesse humano poderia propiciar. Um poeta que tivesse recursos pecuniários muito incomuns poderia, retendo a ideia necessária de arte ou cultura, ou, como nosso autor coloca, de interesse, imediatamente inculcar em seus projetos a extensão e a novidade da beleza, de modo a transmitir o sentimento de interferência espiritual. Será visto que, ao causar tal resultado, ele obtém todas as vantagens de interesse ou objetivo, ao mesmo tempo que atenua a aspereza ou a tecnicalidade da arte mundana em sua obra. Na mais acidentada das regiões selvagens – na mais feroz das cenas de natureza pura –, a arte de um criador é aparente; porém, tal arte só é aparente para a reflexão, não tem a óbvia força de um sentimento em qualquer de seus aspectos. Agora, suponhamos que essa sensação do objetivo do

---

1 N. da T.: Peça baseada na vida de Catão, o Jovem, romano contemporâneo de César, escrita por Addison, que Poe menciona alguns parágrafos acima.

Todo-Poderoso seja trazida um passo para trás, seja colocada em harmonia ou consistência com o senso da arte humana, para formar um intermédio entre as duas; imaginemos, por exemplo, uma paisagem cuja vastidão e finalidade combinadas, cuja beleza, magnificência e estranheza unidas transmitam a ideia de cuidado, cultura ou superintendência, por parte de criaturas superiores, porém semelhantes à humanidade; então, o sentimento de interesse é preservado, enquanto faz-se a arte entremeada assumir o ar de uma natureza intermediária ou secundária, uma natureza que não é Deus, tampouco uma emanação de Deus, mas que ainda é a natureza, no sentido de que é a obra dos anjos que pairam entre os humanos e Deus.

Foi com a dedicação de sua enorme fortuna à concretização de uma visão como essa, com os exercícios ao ar livre, garantidos pela supervisão pessoal de seus planos, com o objetivo incessante que esses planos propiciavam, com a espiritualidade de tal objetivo, com o desprezo pela ambição que isso permitia que ele sentisse, com as fontes perenes com as quais ele gratificava, sem possibilidade de saciar, aquela paixão suprema de sua alma, a paixão pela beleza, foi, acima de tudo, com a compreensão de uma mulher, bem feminina e cujos encantos e amor envolviam a existência dele na atmosfera púrpura do Paraíso, que Ellison pretendia encontrar, e realmente encontrou, a libertação das preocupações comuns da humanidade, com uma quantidade muito maior de felicidade positiva do que jamais brilhara nos extasiados devaneios de De Stael.[2]

Nem tentarei dar ao leitor alguma ideia clara das maravilhas que meu amigo realmente conseguiu concretizar. Desejo descrever, mas sou desencorajado pela dificuldade da descrição, e hesito entre detalhes e generalidades. Talvez o melhor a se fazer seja unir os dois em seus extremos. O primeiro passo do sr. Ellison dizia respeito, é claro, à escolha de um local, e ele mal havia começado a pensar sobre esse assunto, quando a natureza luxuriante das Ilhas do Pacífico chamaram sua atenção. Na

2 N. da T.: Escritora e historiadora francesa do século 18.

verdade, havia decidido fazer uma viagem aos Mares do Sul, quando uma noite de reflexão fez com que abandonasse a ideia.

– Se eu fosse um misantropo – disse –, tal local me cairia bem. Seu completo isolamento e a dificuldade de chegar e sair, nesse caso, seriam seus principais atrativos; mas ainda não sou Timão.[3] Desejo a compostura, mas não a depressão da solidão. Devo reter um certo controle sobre a extensão e a duração de meu descanso. Também haverá várias ocasiões em que precisarei da simpatia da poesia em minha obra. Que busque, então, um local não muito longe de uma cidade populosa, cuja proximidade também me permitirá executar melhor meus planos.

Em busca de um local adequado, em uma localização como aquela, Ellison passou vários anos viajando, e pude acompanhá-lo. Mil lugares pelos quais me apaixonei foram rejeitados por ele, sem hesitação, por motivos que acabaram convencendo-me de que ele estava certo. Acabamos chegando a um planalto de maravilhosa fertilidade e beleza, com uma vista panorâmica muito pouco menor do que a de Etna, e que, na opinião de Ellison, assim como na minha, superava a famosa vista da referida montanha, em relação a todos os verdadeiros elementos do pitoresco.

– Estou ciente – disse o viajante, dando um suspiro de puro deleite, após contemplar a paisagem, hipnotizado, por quase uma hora – sei que aqui, em minhas circunstâncias, 90 por cento dos homens mais fastidiosos descansariam contentes. Este panorama é verdadeiramente glorioso, e regozijar-me-ia com isso, se não fosse por seu excesso de glória. O gosto de todos os arquitetos que já conheci os leva, por causa da "vista", a construir edificações nos topos de colinas. Seu erro é óbvio. A grandeza, em qualquer um de seus aspectos, mas especialmente no que tange à extensão, surpreende, excita... e então cansa e deprime. Para um cenário ocasional, nada pode ser melhor; para uma vista constante, nada poderia ser pior. E, na vista constante, a fase mais censurá-

---

3 N. da T.: Personagem de Shakespeare que vai morar em uma caverna, decepcionado com a falsidade daqueles que o cercavam.

vel da grandeza é a extensão; a pior fase da extensão é a distância. Entra em um embate com o sentimento e com a sensação de isolamento, que são justamente o que pretendemos satisfazer ao "retirar-nos para o campo". Quando olhamos para algo do cume de uma montanha, sempre nos sentimos fora do mundo. Os deprimidos fogem das vistas distantes como o diabo foge da cruz.

Foi só ao final do quarto ano de nossa busca que encontramos um local com o qual Ellison se declarou satisfeito. Não preciso, é claro, dizer qual era. A recente morte de meu amigo, que fez com que seu domínio fosse aberto a certo tipo de visitantes, deu a Arnheim um tipo de celebridade secreta e discreta, senão solene, semelhante, porém infinitamente superior, àquela que há muito faz com que Fonthill se destaque.

O jeito mais comum de se chegar a Arnheim era pelo rio. O visitante sai da cidade pela manhã cedo. Antes do almoço, já terá passado por cenários ribeirinhos de uma beleza tranquila e doméstica, onde inúmeras ovelhas pastam, com suas lãs brancas pontilhando o verde-vívido das campinas ondulantes. Gradativamente, a aparência de cultivo dá lugar a um mero cuidado pastoral. Este último lentamente se transforma em uma sensação de afastamento, e esta, por sua vez, torna-se uma consciência de solidão. Conforme a noite cai, o canal fica mais estreito, as margens cada vez mais inclinadas; e estas últimas ficam cobertas por uma folhagem rica, mais profusa e mais sóbria. As águas se tornam mais transparentes. O riacho faz mil curvas, de modo que, em momento algum, sua superfície cintilante pode ser vista a uma distância maior do que 200 metros. A todos os momentos, o barco parecia preso dentro de um círculo encantado, por paredes insuperáveis e impenetráveis de folhagem, um teto de cetim ultramarino, e nenhum piso – a quilha equilibrando-se admiravelmente sobre uma madeira fantasma que, tendo sido virada para baixo por algum acidente, flutuava em constante companhia com a mais substancial, para sustentá-la. O canal transforma-se em um desfiladeiro; apesar de este termo ser um tanto quanto inaplicável, e o uso somente porque a língua não tem uma palavra que represente melhor a característica mais marcante – não a mais distintiva – da cena. O caráter de um desfiladeiro era mantido apenas pela altura e pelo paralelismo das margens; perdia-se por completo nos outros traços. Os paredões da ravina (em meio aos quais as águas límpidas continuavam fluindo) erguiam-se até uma elevação de 30, e ocasionalmente 45, metros, e inclinavam-se tanto na direção um do outro, a ponto de quase impedirem a entrada da luz do dia, enquanto o longo musgo, semelhante à pluma, que pendia densamente dos arbustos entrelaçados acima, dava ao abismo inteiro uma atmosfera de melancolia funesta. As curvas tornavam-se mais frequentes e intricadas, e pareciam dobrar para cima de si mesmas, de modo que o viajante perde completamente a noção de direção. Ademais, fica absorto por uma deliciosa sensação de estranhamento. A ideia da natureza ainda estava lá, mas seu caráter parecia ter passado por uma mudança: havia uma estranha simetria, uma eletrizante uniformidade, uma característica mágica em suas obras. Nenhum galho morto, nenhuma folha seca, nenhum seixo fora do lugar, nenhum pedaço da terra marrom estava visível em qualquer parte. As águas cristalinas corriam de encontro ao granito limpo, ou ao musgo imaculado, com uma silhueta definida que deleitava, ao mesmo tempo que surpreendia, o olhar.

Após passar algumas horas percorrendo o labirinto daquele canal, com a escuridão aprofundando-se a cada instante, uma curva brusca e inesperada do barco o levava de repente, como se houvesse caído do céu, para dentro de uma bacia circular de extensão considerável, em comparação com a largura do desfiladeiro. Tinha cerca de 180 metros de diâmetro, e era circundada por todos os lados, menos um – aquele que ficava imediatamente à frente do barco, ao entrar – por colinas de altura igual à dos paredões do desfiladeiro, ainda que fossem de um tipo completamente diferente. Suas faces inclinavam-se, desde a beirada da água, a um ângulo de cerca de 45 graus, e estavam vestidas, da base ao cume – sem que nenhum ponto perceptível escapasse – com tramas das mais lindas flores, sem que uma única folha verde estivesse visível entre o mar de cores odoríferas e flutuantes. Aquela bacia tinha uma grande profundidade, mas a água era tão transparente, que o fundo, que parecia consistir em uma massa de seixos de alabastro, pequenos e redondos, era claramente visível de relance – quero dizer, sempre que o olhar se permitisse não ver, refletido no céu invertido, a duplicata das colinas floridas. Nestas últimas não havia árvores, nem mesmo arbustos de qualquer tipo. A impressão causada no observador era de abundância, cordialidade, cor, quietude, uniformidade, suavidade, delicadeza, voluptuosidade e um milagroso excesso de cultivo que sugeria sonhos de uma nova raça de fadas, laboriosas, de bom gosto, magníficas e fastidiosas; porém, conforme o olhar subia pela inclinação de inúmeras cores, começando pelo ângulo agudo onde se juntava às águas, até seu vago fim em meio às dobras das nuvens acima, tornava-se realmente difícil não imaginar que era uma catarata panorâmica de rubis, safiras, opalas e onixes dourados, rolando silenciosamente do céu.

O visitante, adentrando esta baía, repentinamente, vindo da escuridão da ravina, fica deleitado, porém atônito, com a orbe inteira do sol poente, que imaginara já estar bem abaixo da linha do horizonte, mas que agora o confronta e forma a única fronteira do panorama que, se não fosse por ele, seria ilimitado, visto através de outra fenda, semelhante a um abismo, nas colinas.

Porém, é nesse ponto que o viajante abandona o barco que o carregou até ali, e desce para uma leve canoa de marfim, pintada com arabescos de um escarlate-vívido, por dentro e por fora. A popa e a proa do barco erguem-se bem acima do nível da água, com pontas afiadas, de modo que seu formato geral é o de uma crescente irregular. Flutua na superfície da baía com a orgulhosa graça de um cisne. Sobre seu piso coberto por arminho repousa um único remo delicado, de madeira-das-índias, mas não se vê nenhum remador ou ajudante. Ao convidado se pede que tenha bom humor, e a sorte cuidará dele. O barco maior desaparece, e o visitante é deixado sozinho na canoa, que está aparentemente imóvel no meio do lago. Contudo, enquanto cogita qual caminho seguir, repara em um movimento gentil do barco das fadas. Gira lentamente, até que sua proa aponte na direção do sol. Avança com uma velocidade baixa, mas que acelera gradativamente, enquanto as tênues ondas que cria parecem se chocar contra as laterais de marfim com a mais divina melodia, o que parece ser a única explicação possível para a música calmante, porém melancólica, cuja origem oculta é procurada pelo viajante atônito ao seu redor, em vão.

A canoa prossegue em velocidade constante, e o portão rochoso do panorama se aproxima, de modo que suas profundezas podem ser vistas com mais clareza. À direita ergue-se uma cadeia de colinas altas, cobertas por árvores rudes e verdejantes. Pode ser visto, entretanto, que o traço de extrema limpeza, onde a margem entra na água, ainda prevalece. Não há nem sinal dos costumeiros detritos ribeirinhos. À esquerda, as características da paisagem são mais suaves e mais obviamente artificiais. Ali, a margem inclina-se para cima, a partir do rio, em uma subida bem leve, formando um largo trecho de grama, cuja textura lembrava muito o veludo, e de um verde tão brilhante, que poderia ser comparado com a mais pura esmeralda. Aquele platô varia, em largura, de 10 a 300 metros, estendendo-se da margem do rio até um paredão de 15 metros de altura, que faz infinitas curvas, seguindo a direção geral do rio, até que se perca na distância, ao oeste. Tal paredão é formado por uma rocha contínua, criada cortando-se perpendicularmente o outrora acidentado precipício da margem sul do rio, mas não se permitiu que qualquer sinal do trabalho feito permanecesse. A pedra moldada tem a cor das eras, e é profusamente coberta por heras, madressilva, roseira-brava e clematite. A uniformidade das linhas superior e inferior do paredão é atenuada por árvores ocasionais, de altura gigantesca, que crescem sozinhas ou em pequenos grupos, ao longo do platô e na região atrás do paredão, mas bem próximas dele, de modo que galhos (especialmente da nogueira) frequentemente passam por cima dele e mergulham suas extremidades pendentes na água. Mais para dentro daquela região, a vista é impedida por uma barreira impenetrável de folhagem.

Tais coisas são observadas durante a aproximação gradual da canoa ao que chamei de portão da paisagem. Ao chegar mais perto dele, contudo, sua aparência de abismo some; uma nova saída da baía é descoberta à esquerda, em qual direção se vê que a parede também continua, ainda seguindo o curso geral do rio. O olhar não consegue penetrar muito nessa nova abertura, pois o rio, acompanhado pelo paredão, continua se curvando para a esquerda, até que ambos sejam engolidos pelas folhas.

O barco, contudo, desliza magicamente pelo canal serpeante, e ali se vê que a margem oposta ao paredão se assemelha à do paredão da paisagem reta. Colinas altas, transformando-se ocasionalmente em montanhas, e cobertas por uma vegetação exuberante, continuam enquadrando a cena.

Flutuando gentilmente para a frente, mas com uma velocidade ligeiramente aumentada, o viajante, após várias curvas pequenas, vê seu progresso aparentemente barrado por um gigantesco portão, na verdade, uma porta, de ouro polido, entalhada e cinzelada elaboradamente, que reflete os raios diretos do sol, que agora se põe rapidamente, com uma refulgência que parece coroar toda a floresta ao seu redor com chamas. Essa porta está inserida no paredão alto, que, aqui, parece cruzar o rio em ângulos retos. Dentro de alguns momentos, contudo, vê-se que o corpo de água principal continua fazendo uma curva delicada e longa para a esquerda, com o paredão seguindo-o como antes, enquanto que um riacho de volume considerável, divergindo do principal, segue caminho, com ligeiras ondas, por baixo daquela porta, e assim some de vista. A canoa passa para a corrente menor e se aproxima do portão. Suas poderosas asas se abrem lenta e musicalmente. O barco desliza em meio a elas, e começa uma rápida descida para um vasto anfiteatro, inteiramente cercado por montanhas púrpuras, cuja base é banhada por um rio brilhante em toda a sua extensão. Enquanto isso, todo o Paraíso de Arnheim surge repentinamente. Ouve-se um arroubo de melodia arrebatadora, sente-se um odor opressivo, estranho e doce, árvores orientais esguias entrelaçam-se perante nossos olhos, arbustos luxuriantes, revoadas de aves douradas e carmim, lagos margeados por lírios, campinas de violetas, tulipas, papoulas, jacintos e tuberosas, longas linhas emaranhadas, de pequenas correntes prateadas, e, irrompendo confusamente em meio a tudo isso, um conjunto de arquitetura semigótica, semissarracena, que se sustenta milagrosamente no ar, reluzindo da luz do sol vermelha, com uma centena de varandas, minaretes e pináculos, parecendo ser o resultado do misterioso trabalho conjunto das sílfides, das fadas, dos gênios e dos gnomos.

O CHALÉ DE L'ANDOR

Apêndice de "O Domínio de Arnheim"

Durante uma viagem a pé, no último verão, por alguns dos condados ribeirinhos de Nova York, peguei-me, conforme o dia terminava, um tanto quanto confuso com a estrada pela qual seguia. O terreno ondulava de forma notável, e meu caminho, durante a última hora, fizera tantas curvas, de forma tão confusa, em seu esforço para permanecer dentro dos vales, que eu não sabia mais em que direção estava o belo vilarejo de B–, onde decidira passar a noite. O sol mal brilhara – estritamente falando – durante o dia, que mesmo assim fora desagradavelmente quente. Uma névoa esfumaçada, semelhante à do verão indiano, encobrira todas as coisas e, é claro, aumentara minha incerteza. Não que eu me importasse muito com aquilo. Se não chegasse ao vilarejo antes do crepúsculo, ou até mesmo antes de escurecer, era mais do que possível que alguma fazendinha em estilo holandês, ou algo do tipo, logo aparecesse – apesar de que, na verdade, aquela região (talvez por ser mais pitoresca do que fértil) era bem pouco habitada. Em todo caso, usando minha mochila de travesseiro e meu cachorro de sentinela, construir um abrigo ao ar livre seria exatamente a espécie de coisa que me divertiria. Segui em frente, portanto, bem tranquilo – com Ponto cuidando de minha arma –, até que, finalmente, logo quando começava a questionar se as inúmeras alamedas, que levavam de um lado para o outro, seriam mesmo trilhas, fui conduzido, por uma delas, ao que indubitavelmente eram marcas de carruagem. Não havia como se confundir. Os traços das rodas eram evidentes; e, apesar de os altos arbustos e a vegetação rasteira malcuidada se encontrarem sobre minha cabeça, não havia qualquer obstrução na parte de baixo, nem mesmo para a passagem de uma carroça de montanha virginiana, que é o veículo mais ambicioso, pelo que sei, de seu tipo. A estrada, contudo, exceto pelo fato de ter sido aberta em meio à floresta – se este não for um termo exagerado para aquele conjunto de árvores pequenas – e exceto pelas evidentes marcas de rodas – não se parecia nem um pouco com qualquer outra estrada que já vi. As marcas que mencionei eram fracamente perceptíveis, tendo sido feitas sobre a superfície firme, porém agradavelmente úmida daquilo que parecia mais com um veludo genovês verde do que com qualquer outra coisa. Era grama, claramente, mas um tipo de grama que raramente se vê fora da Inglaterra: tão curta, tão grossa, tão nivelada e de cor tão vívida. Não havia um único impedimento na rota das carruagens, nem mesmo um pedregulho ou um galho morto. As pedras que outrora obstruíam o caminho haviam sido cuidadosamente colocadas – não jogadas – aos lados da trilha para definir seus limites na parte inferior, com uma clareza meio precisa, meio negligente e inteiramente pitoresca. Amontoados de flores selvagens cresciam por todos os cantos, luxuriantes, a intervalos.

É claro que eu não sabia o que pensar daquilo. Era arte, sem dúvida – isso não me surpreendeu –, todas as estradas, no sentido comum, são obras de arte; tampouco posso dizer que o mero excesso de arte ali expresso era algo com o qual se maravilhar. Tudo o que parecia ter sido feito fora feito ali – com as "habilidades" naturais (como dizem nos livros de jardinagem) – com muito pouco trabalho e despesa. Não, não era a quantidade, e sim o tipo de arte que me fez sentar em uma das pedras floridas e olhar para cima e para baixo aquela avenida mágica, por meia hora ou mais, em admiração atônita. Uma coisa tornava-se cada vez mais evidente, conforme eu observava: um artista, e um com o olhar mais afiado para as formas, supervisionara todos aqueles arranjos. O maior cuidado fora tomado para preservar o devido meio, entre o organizado e o gracioso, de um lado, e o *pittoresque*, no verdadeiro sentido do termo italiano, do outro. Havia poucas linhas retas, e nenhuma longa e ininterrupta. O mesmo efeito de curvatura ou de cor aparecia duas vezes, geralmente, mas não mais do que isso, em qualquer ponto de vista. Por todos os cantos havia variedade na uniformidade. Era uma peça de "composição", na qual o mais fastidioso senso crítico não poderia ter sugerido qualquer alteração.

Eu virara à direita ao entrar naquela estrada, e então, levantando-me, continuei na mesma direção. O caminho era tão serpeante, que em nenhum momento consegui prever seu curso com mais do que dois ou três passos de antecedência. Sua natureza não sofreu qualquer mudança relevante.

Em seguida, o murmúrio da água chegou gentilmente aos meus ouvidos – e, dentro de mais alguns momentos, conforme eu virava com a estrada, um pouco mais abruptamente do que antes, vi que um edifício de algum tipo estava no sopé de um declive suave à minha frente. Não conseguia ver nada claramente, por causa da névoa que ocupava todo o valezinho abaixo. Uma brisa suave, contudo, começou a soprar naquele momento, conforme o sol se punha; e, enquanto eu permanecia ali de pé, no canto da colina, a névoa gradualmente se dissipou, transformando-se em espirais, e assim flutuou para longe.

Conforme aparecia por completo – tão gradualmente quanto descrevo –, pouco a pouco, aqui uma árvore, ali um vislumbre de água, e acolá o topo de uma chaminé, não pude deixar de imaginar que o todo era uma daquelas ilusões engenhosas, que às vezes são exibidas sob o nome de "imagens evanescentes".

Entretanto, quando a névoa já havia desaparecido por completo, o Sol já se pusera atrás das colinas suaves, e de lá, como se houvesse se arrastado ligeiramente para o sul, aparecera novamente, emitindo raios roxos em meio a um desfiladeiro que entrava no vale vindo do oeste. Assim, o vale inteiro – como num passe de mágica – e tudo dentro dele tornou-se brilhantemente visível.

O primeiro *coup d'oeil*, conforme o Sol deslizava para a posição que descrevi acima, impressionou-me tanto quanto já fora impressionado antes, em minha infância, pela cena final de algum espetáculo teatral ou drama bem-feitos. Nem mesmo a vivacidade da cor estava faltando, pois a luz do sol passava pelo desfiladeiro, toda matizada de laranja e roxo, enquanto o verde-vívido da grama do vale iluminava mais ou menos em todos os objetos, refletido na cortina de vapor que ainda pendia acima, como se não quisesse abandonar uma cena tão encantadoramente bela.

O pequeno vale que eu observava, debaixo da cobertura da névoa, não devia ter mais do que 360 metros de comprimento, enquanto sua largura variava de 50 a 150, ou talvez 200. Era mais estreito em sua extremidade norte, abrindo-se ao dirigir-se para o sul, mas sem muita regularidade. A parte mais larga ficava a 80 metros do extremo sul. As inclinações que circundavam o vale não podiam ser chamadas de colinas, exceto em sua face norte. Ali, um rebordo escarpado de granito erguia-se a uma altura de cerca de 30 metros; e, como já mencionei, o vale, naquele ponto, não tinha mais de 15 metros de largura, mas conforme o visitante prosseguia rumo ao Sol, afastando-se do penhasco, via à direita e à esquerda declives menos altos, menos escarpados e menos rochosos. Em resumo, tudo se tornava mais oblíquo e se suavizava, ao sul; ainda assim, o vale todo era cercado por eminências, mais ou menos altas, exceto em duas partes. Uma dessas já mencionei. Ficava consideravelmente ao noroeste, e era para onde o Sol se dirigia, como já disse, para o anfiteatro, através de uma fenda natural, reta e sem rebarbas, no talude de granito. Essa fissura devia ter 10 metros de largura, em seu ponto mais amplo, até onde a vista alcançava. Parecia subir, como um tipo de ponte natural, para o interior de montanhas e florestas inexploradas. A outra abertura ficava diretamente na ponta sul do vale. Ali, em geral, as inclinações eram bem suaves, estendendo-se do leste para o oeste, por cerca de 140 metros. No meio daquela extensão havia uma depressão, nivelada com o chão do vale. No que tange à vegetação, assim como a todo o resto, a cena se atenuava e inclinava para o sul. Ao norte – no precipício escarpado, a alguns passos de distância da beirada –, erguiam-se os magníficos troncos de inúmeras nogueiras e castanheiras, intercaladas com o ocasional carvalho, e com os fortes galhos laterais esticados, especialmente os das nogueiras, bem para longe da beirada do precipício. Prosseguindo para o sul, o explorador via, de início, o mesmo tipo de árvores, mas cada vez menos altas e imponentes; depois via o olmo gentil, seguido do sassafrás e da acácia, e estas pelas ainda mais gentis tília, olaia, catalpa e bordo – e estas pelas variedades ainda mais graciosas e modestas. Toda a face do declive sul estava coberta apenas por arbustos selvagens, exceto pelo ocasional salgueiro ou álamo. No fundo do próprio vale (pois deve-se manter em mente que a vegetação até agora mencionada crescia apenas nas colinas ou nas faces dos declives) viam-se três árvores isoladas. Uma era um olmo de belo tamanho e linda forma; ficava de guarda no portão sul do vale. Outra era uma nogueira, muito maior do que o olmo e uma árvore muito mais bela, ainda que ambas fossem extremamente belas; parecia ter tomado conta da entrada norte, brotando de um grupo de rochas bem nas mandíbulas da ravina, e jogando seu gracioso corpo, a um ângulo de 45 graus, bem para debaixo da luz do sol no anfiteatro. A cerca de 30 metros de distância desta árvore, contudo, ficava o orgulho do vale, inquestionavelmente a árvore mais magnífica que já vi, com exceção talvez dos ciprestes de Itchiatuckanee. Era uma tulipeira de tronco triplo, a *Liriodendron tulipiferum*, da ordem das magnólias. Seus três troncos se separavam do principal a mais ou menos 90 centímetros do solo e, divergindo ligeira e gradativamente, não estavam a mais do que 1,2 metro um do outro, no ponto onde o tronco maior começava sua folhagem; isso era a uma elevação de cerca de 24 metros. Toda a altura da divisão principal era de 37 metros. Nada supera a beleza da forma ou do verde-vívido e brilhante das folhas da tulipeira. Naquele caso, tinham uma largura de 20 centímetros; mas sua glória era inteiramente ofuscada pelo maravilhoso esplendor das inúmeras flores. Imagine, bem perto umas das outras, 1 milhão das maiores e mais resplandecentes tulipas! Só assim o leitor poderá ter uma ideia da imagem que quero descrever. E também da graciosidade elegante dos caules finos, colunares e delicadamente granulados, o maior dos quais com 1,2 metro de diâmetro, a 6 metros do solo. As incontáveis flores, misturadas com as das outras árvores, que quase se igualavam à sua beleza, apesar de serem infinitamente menos majestosas, enchiam o vale com um perfume melhor do que os aromas da Arábia.

O chão do anfiteatro, no geral, era coberto por grama do mesmo tipo daquela que eu encontrara na estrada; talvez até mesmo mais deliciosamente macia, grossa, aveludada e miraculosamente verde. Era difícil imaginar como toda aquela beleza fora alcançada.

Mencionei duas aberturas no vale. Daquela ao noroeste saía um regato, que descia a ravina, murmurando gentilmente e espumando ligeiramente, até se chocar contra o grupo de rochas das quais brotara a nogueira isolada. Ali, após contornar a árvore, prosseguia um pouco ao nordeste, deixando a tulipeira a uns 6 metros para o sul, e não mudando significativamente seu curso, até chegar perto do meio do caminho entre as fronteiras leste e oeste do vale. Naquele ponto, após uma série de curvas, fazia um ângulo reto e seguia mais ou menos para o sul, serpeando ao fazê-lo – até se perder em um pequeno lago, de formato irregular (mas aproximadamente oval), que cintilava perto da extremidade inferior do vale. Aquele laguinho tinha cerca de 90 metros de diâmetro, em sua parte mais larga. Nenhum cristal poderia ser mais límpido do que suas águas. Seu fundo, que podia ser visto claramente, era inteiramente formado por seixos brancos brilhantes. Suas margens, cobertas pela grama esmeralda já mencionada, arredondavam-se, em vez de se inclinarem na direção do céu límpido abaixo, e tal céu era tão perfeitamente límpido, em certos pontos, que refletia todos os objetos acima dele, e era difícil de discernir onde a margem verdadeira terminava e seu reflexo começava. As trutas, e outros tipos de peixes, que pareciam lotar aquele lago a ponto do desconforto, assemelhavam-se a verdadeiros peixes-voadores. Era quase impossível acreditar que não estavam absolutamente suspensos no ar. Uma pequena canoa de bétula flutuava placidamente sobre a água, com cada um de seus detalhes refletido com uma fidelidade que superava até mesmo o espelho mais polido. Uma ilhota, decorada com flores inteiramente desabrochadas, que deixavam o espaço exato para que coubesse uma pequena edificação pitoresca, aparentemente um abrigo de aves, erguia-se em meio ao lago, não muito longe de sua margem norte, à qual era conectada por uma ponte de aparência incrivelmente leve, porém primitiva. Era formada por uma única tábua, larga e grossa, de madeira da tulipeira. Tinha 12 metros de comprimento, e cobria todo o intervalo entre as margens, com uma arqueação leve, porém bem perceptível, impedindo oscilações. Do extremo sul do lago saía uma continuação do regato, que, após serpear por cerca de 30 metros, finalmente passava pela "depressão" (que já descrevi) no meio do declive sul, caindo por um precipício de 30 metros, que seguia seu caminho tortuoso e despercebido até o rio Hudson.

O lago era profundo – em certas partes, tinha 10 metros –, mas o regato mal passava de 90 centímetros, enquanto que sua maior largura era de cerca de 75. Seu fundo e suas margens eram como os do lago – se é que algum defeito poderia ser apontado, em relação à sua beleza, era um excesso de organização.

A vastidão da grama verdejante era atenuada, aqui e acolá, por um ocasional arbusto exuberante, como uma hortênsia, ou a rosa-de-gueldres, ou a aromática flor-de-pavão; ou, mais frequentemente, por um amontoado de gerânios em flor, com lindas variedades. Estes últimos cresciam em vasos, cuidadosamente enterrados no solo, para dar às plantas a aparência de serem nativas. Além de tudo isso, o veludo do gramado era lindamente pontilhado por ovelhas, um rebanho considerável que vagava pelo vale, na companhia de três cervos domesticados e uma vasta quantidade de patos com plumagens coloridas. Um mastim enorme parecia estar protegendo vigilantemente todos os animais.

Ao longo dos penhascos leste e oeste – onde, na direção da parte superior do anfiteatro, as divisas eram mais ou menos precipitosas –, cresciam heras em grande profusão, de modo que, aqui e acolá, podia-se até mesmo vislumbrar a face nua da rocha. O precipício norte, de forma semelhante, estava quase que inteiramente coberto por videiras de rara beleza, algumas das quais brotavam do solo na base da colina, e outras de rebordos em sua face.

A ligeira elevação que formava o limite inferior desse pequeno domínio estava coroada por um belo muro de pedra, de altura suficiente para impedir a fuga dos cervos. Nenhum tipo de cerca era visto em outras partes, pois nenhum cercado artificial era necessário nos outros lugares; qualquer ovelha perdida, por exemplo, que tentasse sair do vale pela ravina, veria seu caminho impedido, após um progresso de alguns metros, pela íngreme saliência da rocha, sobre o qual despencava a cascata que chamara minha atenção logo que cheguei à região. Em resumo, a única forma de entrada ou saída era por um portão que ocupava uma passagem rochosa na estrada, alguns passos abaixo do ponto onde eu parara para examinar o cenário.

Disse que o riacho serpeava de forma bastante irregular, por todo o seu curso. Suas duas direções gerais, como já falei, eram primeiro do oeste para o leste, e depois do norte para o sul. Na curva, o riacho, virando-se para trás, quase que formava um círculo, criando uma península que era praticamente uma ilha, abarcando 250 metros. Sobre aquela península havia uma residência – e quando digo que essa casa, como o terraço infernal visto por Vathek, *"etait d'une architecture inconnue dans les annales de la terre"*,[1] quero dizer apenas que seu conjunto geral pareceu-me ser uma combinação perfeita de novidade e correção – em resumo, poesia (pois não conseguiria dar uma definição mais rigorosa do que as palavras que acabei de escrever, sobre a poesia de forma abstrata) – e não me refiro apenas ao fato de que nenhum exagero era perceptível.

Na verdade, nada poderia ser mais simples, mais completamente despretensioso do que aquele chalé. Seu maravilhoso efeito era seu arranjo artístico como uma pintura. Imaginei, enquanto o observava, que algum eminente pintor de paisagens o construíra com seu pincel. O ponto de vista do qual eu primeiro vira o vale não era, apesar de chegar bem perto, o melhor ponto do qual olhar a casa. Portanto, a descreverei como a vi depois: de uma posição sobre o muro de pedras, no extremo sul do anfiteatro.

A edificação principal tinha cerca de 7 metros de comprimento e 4 de largura; certamente, não mais do que isso. Sua altura total, do chão até o ápice do telhado, não passava de 5 metros. Ao oeste dessa estrutura

1 N. da T.: "Era de uma arquitetura desconhecida nos anais da Terra".

havia uma outra, cerca de um terço menor, em todas as suas proporções; a linha de sua parte da frente distava uns 2 metros daquela da casa maior, e a linha de seu telhado, é claro, estava consideravelmente mais abaixo do que a do telhado vizinho. Formando ângulos retos com essas edificações, e com a parte posterior da principal – não exatamente no meio –, estendia-se um terceiro compartimento, bem pequeno; no geral, um terço menor do que a ala oeste. Os telhados dos dois maiores eram bem inclinados, descendo da viga principal em uma longa curva côncava e estendendo-se pelo menos 1 metro além das paredes à sua frente, para formar os telhados de duas piazzas. Estes últimos telhados, é claro, não precisavam de apoio; mas, como pareciam precisar, pilares finos e absolutamente lisos haviam sido inseridos, apenas nos cantos. O telhado da ala norte era apenas a extensão de uma parte do telhado principal. Entre a edificação principal e a ala oeste, erguia-se uma chaminé quadrada, bem alta e um tanto quanto fina, de duros tijolos holandeses, alternando entre preto e vermelho, com uma ligeira cornija projetando-se do topo. Sobre os frontões dos telhados, também havia várias projeções: na edificação principal, cerca de 1 metro para o leste, e meio metro para o oeste. A porta principal não estava exatamente na divisão principal, e sim um pouco para o leste; enquanto duas janelas estavam ao oeste. Estas últimas não se estendiam até o chão, mas eram muito mais longas e estreitas do que de costume – tinham uma única veneziana, parecida com uma porta – e seus vidros eram losangos, mas bem grandes. A metade superior da porta em si era de vidro, também em formato de losango, e uma veneziana deslizante era fechada à noite. A porta da ala oeste ficava debaixo de seu frontão, e era bem simples; uma única janela dava para o sul. Não havia porta externa para a ala norte, e esta também só tinha uma janela, ao leste.

A parede nua da face leste era atenuada por uma escadaria (com uma balaustrada), que cruzava-a diagonalmente, subindo a partir do sul. Sob a cobertura da beirada saliente, esses degraus davam acesso a uma porta que levava ao andar de cima, ou, melhor dizendo, ao sótão, pois era iluminado apenas por uma janela ao norte, e parecia ser usado para armazenagem.

As piazzas da edificação principal e da ala oeste não tinham piso, como de costume, mas às portas e em cada janela, lajes de granito grandes, achatadas e irregulares estavam incrustadas na deliciosa grama, permitindo que se andasse confortavelmente em qualquer clima. Caminhos excelentes, do mesmo material – não muito bem adaptados, mas com o relvado aveludado preenchendo intervalos frequentes entre as pedras –, conduziam de todas as partes da casa até uma fonte cristalina localizada a alguns passos de distância, até a estrada ou para alguma das construções externas ao norte, para além do regato, e eram completamente escondidos por algumas olaias e catalpas.

No máximo a seis passos de distância da porta principal do chalé, havia um tronco morto de uma fantástica pereira, coberta tão completamente por lindas begônias, que era preciso esforçar-se para saber do que se tratava. De diversos galhos daquela árvore pendiam gaiolas de diferentes tipos. Em uma, um grande cilindro de vime, com um anel na parte de cima, cantava um tordo; em outra, um papa-figo; em uma terceira, o impudente triste-pia, enquanto em mais três ou quatro prisões delicadas ressoava o canto de canários.

Os pilares da piazza estavam cobertos por jasmim e madressilva, enquanto do ângulo formado pela estrutura principal e sua ala oeste, à frente, brotava uma videira de vigor incomparável. Desprezando qualquer discrição, primeiro subira até o teto mais baixo; depois para o mais alto, e da beirada deste continuara a contorcer-se pelo caminho,. jogando suas gavinhas para a direita e para a esquerda, até finalmente conquistar o frontão leste e se despejar sobre as escadas. A casa inteira, junto com suas alas, fora construída com telhas holandesas tradicionais, largas e com cantos arredondados. É uma das peculiaridades desse material dar às casas a aparência de serem mais largas na base do que no topo, à moda da arquitetura egípcia; e, naquele caso, esse efeito extremamente pitoresco era auxiliado por inúmeros vasos de lindas flores, que quase circundavam a base das edificações.

As telhas haviam sido pintadas de um cinza-discreto, e a felicidade com a qual esse tom neutro misturava-se com o verde-vívido das folhas da tulipeira, que cobriam parcialmente o chalé, pode ser facilmente imaginada por um artista.

De sua posição, perto do muro de pedras que já descrevi, as edificações eram vistas de um ponto bem propício – pois o ângulo sudeste era jogado para a frente –, de modo que o olhar absorvia de uma vez só as duas frentes, com o pitoresco frontão leste, e ao mesmo tempo vislumbrava o suficiente da asa norte, com partes do belo teto do depósito refrigerado, e quase metade de uma ponte delicada sobre o regato perto das edificações principais.

Não fiquei muito tempo sobre a colina, apesar de ter sido o suficiente para analisar por completo a cena aos meus pés. Estava claro que eu chegara até lá após vaguear a partir da estrada que dava para o vilarejo, e tinha, assim, uma boa desculpa de viajante para abrir o portão à minha frente e pedir instruções, pelo menos; desse modo, sem hesitar, fui em frente.

A estrada, após passar pelo portão, parecia estar sobre um rebordo natural, inclinando-se gradativamente pela face dos desfiladeiros ao nordeste. Conduziu-me até o sopé do precipício norte, e de lá por cima da ponte, ao redor da ala leste, até a porta da frente. Nesse caminho, reparei que não se via nem sinal das edificações secundárias.

Ao virar a esquina, o mastim correu em minha direção, em um silêncio severo, mas com o olhar e os modos de um tigre. Estendi a mão para ele, contudo, em uma demonstração de amizade; nunca conheci um cachorro que resistisse a tal apelo à sua cortesia. Este não só fechou a boca e sacudiu a cauda como também ofereceu-me sua pata, depois estendendo suas cortesias a meu cão, Ponto.

Por não encontrar nenhuma campainha, bati com minha vara de caminhar na porta, que estava entreaberta. Imediatamente, uma figura dirigiu-

-se até lá, a de uma mulher jovem, de cerca de 22 anos de idade; magra, na verdade frágil, e ligeiramente acima da altura média. Ao aproximar-se, com passos decisivos e modestos, inteiramente indescritíveis, pensei comigo mesmo, "decerto que aqui encontrei a perfeição da naturalidade, em contraste com os encantos artificiais". A segunda impressão que a moça causou em mim, de longe a mais vívida dentre as duas, foi a de entusiasmo. Uma expressão tão romântica, talvez devesse chamá-la, ou etérea, que brilhava em seus olhos profundos, jamais penetrara no fundo de meu coração. Não sei como foi, mas aquela expressão peculiar do olhar, propagando-se ocasionalmente até os lábios, é o mais poderoso encanto, se não o único, que desperta meu interesse em uma mulher. "Romance", desde que meus leitores compreendam plenamente o que quero implicar com tal termo, "romance" e "feminilidade" parecem ser termos conversíveis; afinal de contas, o que o homem verdadeiramente ama em uma mulher é simplesmente sua feminilidade. Os olhos de Annie (ouvi alguém chamá-la do interior, "Annie, querida!") eram de um "cinza-espiritual"; seu cabelo, um castanho-claro; isso foi tudo que tive tempo de observar nela.

A seu convite extremamente cortês, entrei; passando, primeiro, por um vestíbulo razoavelmente largo. Estando lá principalmente para observar, reparei que, à minha direita, logo que entrei, havia uma janela, como as da frente da casa; à esquerda, uma porta que dava para o cômodo principal; enquanto que, do lado oposto, uma porta aberta permitia-me ver um pequeno cômodo, do tamanho do vestíbulo, mobiliado como um escritório, e com uma grande janela projetada para fora, que dava para o norte.

Entrando na sala de estar, descobri-me na companhia do sr. Landor – pois este, descobri depois, era seu nome. Era cortês, até mesmo cordial, mas naquele momento eu estava mais preocupado em observar a disposição da residência que tanto me interessara do que a aparência de seu habitante.

A ala norte, agora via, era um quarto, cuja porta dava para a sala de estar. Ao oeste desta porta havia uma única janela, da qual se via o regato. Na extremidade oeste da sala de estar havia uma lareira e uma porta que dava para a ala oeste, provavelmente uma cozinha.

Nada poderia ser mais rigorosamente simples do que a mobília da sala. No chão havia um tapete trançado, de excelente textura; fundo branco, pontilhado por pequenas figuras verdes circulares. Nas janelas havia cortinas de musselina branca; eram razoavelmente resistentes, pendendo com um ar de determinação, em dobras definidas e paralelas, talvez um tanto quanto formais, até o chão – apenas até o chão. As paredes eram cobertas por um papel francês, extremamente delicado, prateado, com uma listra tênue e verde formando um ziguezague por toda a sua extensão. Sua área era atenuada apenas por três lindas litografias de Julian, *a trois crayons*,[2] coladas na parede sem moldura. Um desses desenhos era uma cena de luxo oriental, ou, na verdade, de voluptuosidade; outra era uma "cena de Carnaval", incomparavelmente espirituosa; a terceira era a cabeça de uma mulher grega, com um rosto tão divinamente lindo, porém carregando uma expressão tão provocantemente indeterminada, como nada jamais chamara minha atenção antes.

Os móveis mais substanciais eram uma mesa redonda, algumas cadeiras (incluindo uma grande cadeira de balanço) e um sofá, na verdade, um divã; seu material era simples madeira de bordo, pintada de um branco-cremoso, ligeiramente entremeado de verde; o assento era feito de ratã. As cadeiras e a mesa "combinavam", mas as formas de todas haviam evidentemente sido desenhadas pela mesma mente que planejara "os jardins"; era impossível conceber algo mais gracioso.

Sobre a mesa havia alguns livros, uma garrafa de cristal grande e quadrada, contendo algum perfume original, uma lâmpada de Argand (e não solar) simples, de vidro esmagado, com uma cobertura italiana, e um grande vaso, com flores resplendorosamente desabrochadas. As

2 N. da T.: Técnica francesa que utilizava três cores de giz.

flores, de lindas cores e um delicado odor, formavam, na verdade, a única decoração do cômodo. A lareira era ocupada quase que completamente por um vaso de vibrantes gerânios. Sobre uma prateleira triangular, em cada ângulo do recinto, havia um vaso semelhante, cuja única diferença era seu adorável conteúdo. Um ou dois outros buquês menores adornavam a cornija, e violetas tardias estavam amontoadas ao redor das janelas abertas.

Não é o objetivo desta obra fazer mais do que descrever, em detalhes, a residência do sr. Landor, como a vi. Como ele a transformou no que era – e por quê –, com algumas informações sobre o próprio sr. Landor, pode possivelmente ser o tópico de outro artigo.

WILLIAM WILSON

O que me diz? O que diz sobre a sombria CONSCIÊNCIA,
Aquele espectro em meu caminho?
Pharronida, de Chamberlayne

Permitam-me que chame a mim mesmo, por ora, de William Wilson. A bela página que tenho agora à minha frente não precisa ser maculada por meu verdadeiro nome. Este já foi objeto de demasiado escárnio – de horror –, do desprezo de minha raça. Ventos indignados não sopraram sua infâmia incomparável para todas as regiões do planeta? Ah, o mais abandonado dos párias! Já não está perpetuamente morto para o mundo? Para suas honras, suas flores, suas belas aspirações? E uma nuvem densa, sombria e ilimitada não paira eternamente entre suas esperanças e os céus?

Se pudesse, não registraria, aqui ou hoje, meus últimos anos de infelicidade indescritível e crimes imperdoáveis. Esta época, estes últimos anos passaram por um repentino aumento de torpeza, a origem do qual é meu único propósito atribuir. Os homens costumam decair gradativamente. De mim, toda a virtude escorregou em um instante, fisicamente, como um manto. De maldades comparativamente triviais, passei com passos de gigante para enormidades maiores do que as de Heliogábalo.[1] Tenham paciência, enquanto me refiro a que oportunidade, que evento específico ensejou esse mal. A morte se aproxima, e a sombra que lança à sua frente teve uma influência amolecedora sobre meu espírito. Anseio, ao passar pelo sombrio, pela simpatia – quase falei "pela pena" –, de meus semelhantes. Adoraria que acreditassem que fui, de alguma forma, escravo de circunstâncias além do controle humano. Ficaria feliz se procurassem em mim, com os detalhes que estou prestes a fornecer, algum pequeno oásis de fatalidade, em meio a um deserto de erros. Gostaria que concordassem – o que não podem deixar de fazer – que, ainda que possa ter havido grandes tentações, nenhum homem fora tentado dessa forma; certamente jamais decaíra dessa maneira. E, por-

1 N. da T.: Imperador romano famoso por escândalos sexuais e religiosos.

tanto, será que nunca sofreu? Tenho vivido em um sonho? Não estou morrendo agora, vítima do horror e do mistério da mais estranha de todas as visões sublunares?

Descendo de uma raça cujo temperamento imaginativo e facilmente excitável sempre fez com que fosse notável; e, desde a mais tenra infância, demonstrei ter herdado completamente o caráter da família. Conforme ficava mais velho, esse se fortalecia, causando, por diversos motivos, sérias preocupações a meus entes queridos, e verdadeiros prejuízos para mim mesmo. Fiquei obstinado, viciado nos mais selvagens caprichos, e tornei-me presa das mais desgovernadas paixões. De mente fraca e tomados por enfermidades constitucionais semelhantes às minhas, meus pais puderam fazer pouca coisa para controlar a propensão para o mal que me distinguia. Alguns esforços débeis e mal direcionados resultaram em um completo fracasso da parte deles e, é claro, triunfo absoluto da minha. Desde então, minha vontade era lei em nossa casa; e, em uma idade em que poucas crianças já sabiam andar sozinhas, tive permissão para satisfazer meus próprios desejos e tornei-me, em tudo, menos no nome, o mestre de meus próprios atos.

Minhas primeiras lembranças da época da escola se relacionam com uma grande casa de estilo elisabetano, em um vilarejo enevoado da Inglaterra, onde havia várias árvores gigantescas e retorcidas, e onde todas as casas eram extremamente antigas. Na verdade, era um lugar etéreo e calmante, aquela venerável cidade antiga. Nesse momento, imagino que consigo sentir o frio refrescante de suas ruas arborizadas, a fragrância de seus mil arbustos, e sinto um arroubo de animação indefinida ao ouvir o som oco e profundo do sino da igreja, batendo as horas com um ruído sério e repentino, interrompendo a quietude dos céus escuros, onde o campanário gótico estava encrustado e repousando.

Me dá tanto prazer quanto consigo ter atualmente mergulhar nos mínimos detalhes de minhas lembranças da escola e seus assuntos.

Afundado na infelicidade como estou – infelicidade que é real demais! –, serei perdoado por buscar alívio, por menor e mais temporário que seja, na fraqueza de alguns detalhes divagantes. Ademais, estes, absolutamente triviais e ridículos, assumem em minha mente uma importância adventícia, por estarem ligados a uma época e um local em que reconheço as primeiras advertências ambíguas daquele destino que depois me sobrepujou de tal maneira. Permitam-me, então, recordar.

A casa, como disse, era velha e irregular. Os jardins eram enormes, e um muro preto, alto e sólido, encimado por uma camada de cimento e vidros quebrados, circundava tudo. Aquela muralha, semelhante à de uma prisão, formava o limite de nossos domínios; para além dela, só íamos três vezes por semana – uma vez a cada tarde de sábado, quando, supervisionados por dois acompanhantes, tínhamos permissão para fazer breves passeios pelos campos vizinhos –, e duas vezes durante o domingo, quando éramos arrebanhados, do mesmo modo formal, para os cultos da manhã e da tarde, na única igreja do vilarejo. O diretor de nossa escola era o pastor daquela igreja. Com que espanto e perplexidade eu o encarava, de nosso banco afastado, na galeria, conforme ele subia ao púlpito, com passos solenes e lentos! Aquele reverendo, de semblante tão recatadamente benigno, com suas vestes tão acetinadas e abanando de forma tão clerical, sua peruca tão cuidadosamente arrumada, tão rígido e tão vasto – seria ele mesmo que, logo antes, com sua expressão azeda e roupas sujas de rapé, fazia valer as leis draconianas da escola, empunhando a palmatória? Ah, que gigantesco paradoxo, monstruoso demais para ser resolvido!

Em um canto da ponderosa parede havia um portão ainda mais ponderoso. Era rebitado e cravejado com parafusos de ferro, encimado por lanças afiadas. Que impressão de profundo espanto ele inspirava! Nunca estava aberto, exceto para nossas entradas e saídas periódicas, que já mencionei; naquelas ocasiões, cada um dos rangidos de suas poderosas dobradiças nos remetia a grandes mistérios, a um mundo de objetos de solene observação ou reflexão ainda mais solene.

O grande recinto tinha um formato irregular, com vários recantos espaçosos. Três ou quatro dos maiores entre eles constituíam o parquinho. Era nivelado, coberto por um cascalho fino e duro. Lembro-me bem de que não tinha árvores, ou bancos, ou algo do tipo. É claro que ficava na parte de trás da casa. Na frente havia um pequeno canteiro, com topiarias e outros arbustos; mas passávamos por aquela área sagrada somente em ocasiões muito raras; como em nossa primeira chegada à escola, ou última partida, ou talvez ao sermos chamados por um de nossos pais ou parentes, quando íamos alegremente para casa, durante as férias de Natal ou de verão.

Mas a casa! Que edifício singular e antigo era aquele! Para mim, que lugar de verdadeiro encanto! Seus meandros não tinham fim, tampouco suas incompreensíveis subdivisões. Era difícil, a qualquer momento, dizer com certeza em qual de seus dois andares estávamos. De um cômodo para o outro, era certo que haveria três ou quatro degraus para subir ou descer. Então, as alas laterais eram inúmeras – inconcebíveis –, e levavam de volta para si mesmas, de tal forma que nossas ideias sobre aquela mansão não eram muito diferentes de nossas reflexões sobre o infinito. Durante os cinco anos em que lá residi, nunca consegui saber com precisão em que local afastado se encontrava o pequeno quarto atribuído a mim e a mais 18 ou 20 alunos. A sala de aula era o maior cômodo da casa – e eu não conseguia deixar de pensar que era a maior do mundo. Era bem longa, estreita e tristemente baixa, com janelas góticas pontudas e teto de carvalho. Em um canto remoto e aterrorizante havia um recôndito quadrado, de 2 ou 3 metros, que formava o sanctum, "durante o expediente", de nosso diretor, o reverendo dr. Bransby. Era uma estrutura sólida, com uma porta maciça, que preferíamos, em vez de abri-la durante a ausência do "mestre", perecer por *peine forte et dure.*[2] Em outros cantos havia outros dois recintos semelhantes, muito menos reverenciados, mas objetos de assombro, mesmo assim. Um deles era o púlpito do professor "clássico", de "inglês e matemática". Espalhados pela sala, cruzando-se

2 N. da T.: Termo em francês para um tipo de tortura usado antigamente.

e entrecruzando-se em uma irregularidade infinita, havia vários bancos e mesas, pretos, antigos e gastos, cobertos por inúmeros livros muito folheados, e que carregavam iniciais, nomes inteiros, desenhos grotescos e outros esforços do canivete, a ponto de terem perdido o pouco que lhes restava de sua forma original, que tiveram em épocas há muito terminadas. Um enorme balde de água ficava em uma extremidade da sala, e um relógio de dimensões estupendas na outra.

Envolto pelas maciças paredes daquela venerável academia, passei do 10º ao 15º ano de minha vida, mas não em tédio ou revolta. A mente ativa da infância não precisa do mundo externo para ocupá-la ou diverti-la, e a aparente monotonia da escola era repleta de emoções mais intensas do que o que encontrei com o luxo, nos anos de minha juventude que se seguiram, ou com o crime, depois de adulto. Apesar disso, acredito que meu desenvolvimento mental inicial foi bastante incomum – até mesmo extravagante. Raramente nos lembramos com clareza dos eventos do início da infância, depois de crescidos. Tudo é composto de sombras cinzentas – uma lembrança fraca e irregular um indistinto reagrupamento de prazeres débeis e dores fantasmagóricas. Esse não é o meu caso. Durante a infância, devo ter sentido, com a energia de um homem, o que agora está estampado em minha memória de forma tão clara, profunda e duradoura quanto os exergos das medalhas cartaginenses.

Na verdade – na opinião do mundo –, havia muita pouca coisa para lembrar! Acordar pela manhã, a chamada noturna para ir para a cama; o decorar, o recitar; os feriados periódicos e as perambulações; o parquinho, com suas confusões, diversões e intrigas – estes, através de uma magia mental há muito esquecida, envolviam diversas sensações estranhas, um mundo rico em incidentes, um universo de emoções variadas, de excitação das mais entusiasmadas e comoventes. *"Oh, le bon temps, que ce siecle de fer!"* [3]

Na verdade, o ardor, o entusiasmo e a imperiosidade de minha dis-

3 N. da T.: "Oh, que tempos bons, neste século de ferro!"

posição logo tornaram-me renomado entre meus colegas, e de forma lenta, porém natural, deram-me uma influência sobre todos que não fossem muito mais velhos do que eu – sobre todos, com uma única exceção. Essa exceção era um aluno que, apesar de não ser meu parente, tinha os mesmos nome e sobrenome que eu; circunstância essa, na verdade, muito pouco notável, pois não obstante uma ascendência nobre, o meu era um daqueles nomes comuns que parecem, por direito de prescrição, ter sido propriedade da plebe, desde tempos imemoriais. Nesta narrativa, portanto, chamei a mim mesmo de William Wilson, nome fictício, não muito dessemelhante do verdadeiro. Apenas meu xará, dentre todos aqueles que, na escola, formavam o "nosso grupo", ousava competir comigo nos estudos, na sala de aula, nos esportes e nas brincadeiras no parquinho, recusava-se a acreditar implicitamente no que eu dizia e a se submeter à minha vontade, enfim, interferia com minhas ordens arbitrárias de todos os meios. O despotismo mais supremo e imotivado do mundo é o exercido por um jovem metido a líder sobre o espírito menos enérgico de seus companheiros.

A rebelião de Wilson era, para mim, a fonte do maior embaraço, ainda mais porque, no espírito da bravata com a qual eu fazia questão de tratá-lo em público, eu sentia secretamente que tinha medo dele, e não podia deixar de pensar que a igualdade que ele mantinha tão facilmente em relação a mim era prova de sua verdadeira superioridade, visto que eu lutava constantemente para não ser superado.

Porém, essa superioridade – até mesmo essa igualdade – não era, na verdade, reconhecida por ninguém além de mim; nossos colegas, por alguma cegueira inexplicável, pareciam nem mesmo suspeitar. Na verdade, sua competição, sua resistência e especialmente sua interferência impertinente e constante com meus planos eram mais privadas do que óbvias. Ele parecia não ter nenhum pouco da ambição que me impulsionava, nem da entusiasmada energia mental que me permitira sobressair. Seria de se pensar que o motivo de sua rivalidade fosse apenas um desejo caprichoso de me frustrar, surpreender ou envergonhar, mas havia momentos em que eu não podia deixar de reparar, com uma sensação de espanto, humilhação e irritação, que ele incluía em suas ofensas, insultos ou contradições um certo afeto, dos mais inadequados, e certamente dos mais indesejados. Só podia imaginar que aquele comportamento estranho advinha de uma presunção inveterada, que assumia os ares vulgares de condescendência e proteção.

Talvez fosse este último traço da conduta de Wilson, em conjunto com nossos nomes idênticos e a mera coincidência de termos começado a escola no mesmo dia, que deu origem à noção de que éramos irmãos, entre os alunos mais velhos da academia. Estes não costumam querer saber muito sobre os assuntos dos mais novos. Já disse, ou deveria ter dito, que Wilson não tinha a menor conexão com minha família. Porém, se fôssemos irmãos, com certeza seríamos gêmeos, pois após sair da sala do dr. Bransby, fiquei sabendo por acaso que meu xará nascera no dia 19 de janeiro de 1813 – e isso é uma coincidência um tanto quanto notável, pois é precisamente o dia de meu próprio nascimento.

Pode parecer estranho que, apesar da ansiedade contínua que sentia por causa da rivalidade com Wilson, e seu intolerável espírito de contradição, não conseguia forçar-me a odiá-lo. É claro que nos metíamos, quase todo dia, em alguma briga que, apesar de sair vitorioso, fazia-me sentir como se fosse ele o merecedor; porém, o orgulho de minha parte e uma verdadeira dignidade da parte dele nos mantinham sempre no que ele chamava de "cordialidade". Ao mesmo tempo, havia muitas qualidades semelhantes em nosso temperamento, que despertavam em mim um sentimento de que era só nossa posição que impedia que a relação virasse amizade. É muito difícil definir, ou até mesmo descrever, o que eu realmente sentia em relação a ele. Era uma mistura heterogênea, um pouco de animosidade petulante, que ainda não era ódio, um pouco de estima, um pouco mais de respeito, muito medo, junto com uma imensa curiosidade. Para os moralistas, será desnecessário dizer, além disso, que Wilson e eu éramos os mais inseparáveis companheiros.

Era, sem dúvida, o estado anômalo das coisas entre nós que transformava todos os meus ataques contra ele (e eram muitos, públicos ou ocultos) em gracejos ou pegadinhas (machucando, enquanto assumia o aspecto de simples brincadeiras), em vez de alguma hostilidade mais séria e decidida. Mas meus esforços nesse sentido não eram, de forma alguma, uniformemente bem-sucedidos, até mesmo quando meus planos eram bolados com a maior engenhosidade; pois a personalidade de meu xará tinha uma grande austeridade, discreta e silenciosa, que, ao mesmo tempo que se divertia com a mordacidade de suas próprias piadas, não tinha nenhum calcanhar de aquiles, e absolutamente se recusava a ser motivo de piada. Só encontrei, na verdade, um ponto fraco, mas este, por ser uma peculiaridade pessoal, que talvez surgira de uma doença constitucional, teria sido poupado por qualquer antagonista que estivesse menos desesperado do que eu. Meu rival tinha uma fraqueza na garganta, que o impedia de erguer a voz acima de um sussurro bem baixo. Não deixei de tirar o pouco de proveito que pude desse defeito.

As retaliações de Wilson eram muitas, e uma de suas pegadinhas perturbava-me imensamente. Jamais descobri como ele ficara sabendo, com sua sagacidade, que algo tão insignificante quanto aquilo me irritaria; porém, depois disso, usava-o para irritar-me constantemente. Eu sempre sentira uma aversão ao meu sobrenome comum, assim como a meu nome bastante banal e plebeu. Essas palavras eram veneno para meus ouvidos, e quando, no dia de minha chegada, um segundo William Wilson também entrou no colégio, senti raiva dele por também carregar esses nomes, e duplamente enojado com os mesmos pelo fato de serem de um estranho, que seria a causa de sua repetição, estando constantemente em minha presença, e cujos assuntos, na rotina escolar, inevitavelmente seriam confundidos com os meus, devido à detestável coincidência.

O sentimento de irritação assim causado aumentava com cada circunstância que tendesse a mostrar uma semelhança, moral ou física, entre mim e meu rival. Naquela época, ainda não descobrira a notável coincidência de termos a mesma idade, mas reparara que tínhamos a mesma altura, e que éramos parecidos em nossa constituição e feições. Fiquei aborrecido, também, por um rumor de que éramos aparentados, que andava passando pelas classes mais velhas. Em resumo, nada me perturbava mais (apesar de esconder cuidadosamente minha irritação) do que qualquer alusão a uma semelhança de pensamento, aparência ou condição entre nós. Mas, na verdade, eu não tinha motivos para acreditar que (exceto pela questão de sermos parentes, e no caso do próprio Wilson) essa semelhança já fora assunto de comentários ou até mesmo percebida por nossos colegas. Estava claro que ele mesmo reparara nisso, em todos os seus aspectos, com tanta atenção quanto eu; mas o fato de que descobriu que tais circunstâncias seriam tão proveitosas para me abespinhar só posso atribuir, como disse antes, à sua argúcia acima do normal.

Seu desígnio, que era fazer uma imitação perfeita de mim, era atingido através de palavras e ações; e ele fazia seu papel da forma mais admirável. Meu jeito de vestir era fácil de copiar; meu andar e modos no geral foram apossados sem dificuldade; apesar de seu defeito físico, nem mesmo minha voz escapou. É claro que não tentou copiar meus tons mais altos, mas o timbre era idêntico, e seu sussurro singular transformava-se em um verdadeiro eco de minha voz.

Não tentarei descrever, agora, como aquele estupendo retrato (pois não poderia ser chamado com justeza de caricatura) me irritava. Tinha apenas um consolo: o fato de que a imitação era, aparentemente, percebida apenas por mim, e que só precisei aguentar os sorrisos entendedores e sarcásticos de meu próprio xará. Satisfeito por ter produzido em mim o efeito pretendido, parecia rir em segredo da aguilhoada que infligira, e desconsiderava, de sua forma característica, os aplausos públicos que o sucesso de seus atos espirituosos teriam arrancado com tanta facilidade. O fato de que a escola realmente não compreendeu seu objetivo, percebeu sua consecução e participou de sua troça foi, por vários meses de ansiedade, um enigma que não pude resolver. Talvez a gradação de sua imitação fazia com que não fosse prontamente perceptível; ou, o que era mais possível, eu devia minha segurança ao ar magistral copista, que, desdenhando da letra (que, em uma pintura, é tudo o que o obtuso consegue ver), dava o pleno espírito de seu original apenas para minha própria contemplação e tristeza.

Já mencionei mais de uma vez o asqueroso ar de condescendência que ele assumia em relação a mim, e suas frequentes e oficiosas interferências com minhas vontades. Essa interferência costumava assumir a indelicada natureza de conselhos; conselhos que não eram dados abertamente, e sim sugeridos ou insinuados. Recebia-os com uma repugnância que só aumentava, conforme envelhecia. Ainda assim, tantos anos depois, permitam-me ser justo com ele e reconhecer que não consigo lembrar-me de uma única ocasião em que as sugestões de meu rival fossem no sentido dos erros ou tolices tão comuns para sua pouca idade e aparente inexperiência; que seu senso moral, pelo menos, senão seus talentos gerais e sabedoria mundana, era muito mais afiado do que o meu; e que eu poderia, hoje, ter sido um homem melhor, e portanto mais feliz, se houvesse rejeitado com menos frequência os conselhos daqueles sussurros carregados de significado, que eu odiava cordialmente e desconsiderava com tanta amargura.

Assim, acabei ficando extremamente irrequieto sob sua supervisão desagradável, e ressentia, cada vez mais abertamente, o que considerava ser sua arrogância insuportável. Já disse que, nos primeiros anos de nosso relacionamento escolar, meus sentimentos em relação a ele poderiam facilmente ter se transformado em uma amizade; porém, nos últimos meses de minha residência no colégio, apesar de sua costumeira intrusão ter, sem dúvida, até certo ponto, diminuído, meus sentimentos, em uma proporção semelhante, haviam se tornado um verdadeiro ódio. Em um certo momento, estou certo de que ele reparou nisso, e depois evitou-me ou fingiu evitar.

Foi mais ou menos no mesmo período, se me lembro corretamente, que, em uma briga física com ele, em que foi pego de surpresa mais do que de costume, e falou e agiu com uma candura um tanto quanto estranha à sua natureza, descobri, ou pensei ter descoberto, em sua fala, em seu comportamento e em sua aparência geral, algo que primeiro me surpreendeu, e depois me interessou, me fazendo pensar em visões difusas de minha primeira infância – memórias estranhas, confusas e avassaladoras de uma época em que a própria memória ainda não havia nascido. Não consigo descrever a sensação que tomou conta de mim melhor do que dizendo que tive dificuldade para me livrar da crença de que já conhecera o indivíduo que estava na minha frente, há muito tempo atrás – algum momento do passado infinitamente remoto. Essa ilusão, contudo, sumiu com tanta rapidez quanto surgira, e só a menciono para definir o dia da última conversa que tive com meu curioso xará.

A enorme casa antiga, com suas inúmeras divisões, tinha vários grandes cômodos que se comunicavam uns com os outros, onde a maioria dos alunos dormia. Havia, contudo (como necessariamente acontece em um edifício com uma disposição tão estranha), muitos nichos ou recuos, as miudezas da estrutura, que a engenhosidade econômica do dr. Bransby também havia equipado como dormitórios, ainda que, sendo meros armários, só conseguiam acomodar um único indivíduo. Um desses pequenos cômodos era ocupado por Wilson.

Uma noite, perto do final do meu 5º ano na escola, e imediatamente depois da altercação que acabei de mencionar, vendo que todos estavam dormindo, saí da cama e, com a lamparina em mãos, segui pé ante pé por diversos corredores estreitos, de meu quarto até o de meu rival. Estava há tempos planejando uma daquelas pegadinhas desagradáveis às custas dele, que até então haviam invariavelmente fracassado. Naquela ocasião, tinha a intenção de colocar meu esquema em ação, e decidira fazê-lo sentir toda a força da malícia com a qual eu era imbuído. Ao chegar em seu quarto, entrei sem fazer barulho, deixando a lamparina coberta do lado de fora. Dei um passo para dentro, e escutei o som de sua respiração tranquila. Certo de que estava dormindo, voltei, peguei a lamparina e aproximei-me de novo da cama. As cortinas ao seu redor estavam fechadas, de modo que as abri, lenta e silenciosamente, para executar meu plano, e afastei-me, quando a luz brilhante e meu olhar pousaram, ao mesmo tempo, sobre o semblante do adormecido. Olhei – e um formigamento, uma sensação gelada imediatamente tomaram conta de meu corpo todo. Meu peito arfava, meus joelhos tremiam, toda a minha alma foi possuída por um horror sem objeto, porém intolerável. Respirando com dificuldade, aproximei a lamparina ainda mais de seu rosto. Seriam essas, mesmo, as feições de William Wilson? Vi que eram, sim, as dele, mas tremia como se estivesse doente, imaginando que não eram. O que tinham elas para me confundir daquela maneira? Continuei olhando, enquanto minha mente revolvia infindáveis pensamentos incoerentes. Não era essa a aparência dele – certamente que não era –, enquanto estava acordado. O mesmo nome! A mesma estrutura física! O mesmo dia de chegada ao colégio! E depois sua imitação insistente e absurda de meus trejeitos, minha voz, meus hábitos e meus modos! Será que estava dentro das possibilidades humanas o fato de que aquilo que eu via, naquele momento, era apenas o resultado da prática habitual daquela imitação sarcástica? Atônito, e com um estremecimento crescente, apaguei a lamparina, saí em silêncio do cômodo, e parti imediatamente daquela velha escola, para nunca mais voltar.

Depois de alguns meses, que passei em casa, ocioso, tornei-me aluno da Universidade de Eton. O breve intervalo fora suficiente para enfraquecer minhas lembranças do que acontecera na escola do dr. Bransby, ou, pelo menos, para causar uma mudança relevante nos sentimentos com os quais me lembrava dela. A verdade, a tragédia, o drama não existiam mais. Agora podia duvidar das provas de meus sentidos, e raramente pensava naquele assunto, a não ser para me maravilhar com o poder da credulidade humana, rindo da vívida força da imaginação que eu recebera hereditariamente. Esse tipo de ceticismo não tinha muitas chances de diminuir com o tipo de vida que levava em Eton. A correnteza das loucuras impensadas, nas quais lá mergulhei imediata e insensatamente, carregara para longe tudo menos a espuma das horas mais recentes, afogava imediatamente todas as ideias sólidas ou sérias, e deixava para minha memória apenas as maiores tolices de meus anos passados.

Entretanto, não desejo descrever o rumo de minha infeliz devassidão – devassidão esta que desafiou as leis, ao mesmo tempo que escapava da vigilância da instituição. Três anos de irresponsabilidades, gastos sem proveito algum, haviam permitido que meus vícios criassem raízes e aumentado, de forma incomum, minha estatura física, quando, após uma semana de libertinagem sem sentido, convidei um pequeno grupo dos alunos mais devassos para uma festa secreta em meus aposentos. Nos encontramos tarde da noite, pois nossos bacanais duravam invariavelmente até a manhã. O vinho corria solto, e não faltavam outras seduções, talvez mais perigosas, de modo que os primeiros raios do sol já haviam aparecido no leste, quando nossa extravagância delirante estava em seu ápice. Com as faces rubras devido ao jogo de cartas e à bebida, eu estava prestes a pedir um brinde mais profano do que de costume, quando minha atenção foi distraída, de repente, pela abertura violenta e parcial da porta dos aposentos, e pela voz ansiosa de um criado vinda lá de fora. Dizia que alguém, aparentemente com muita pressa, pedia para falar comigo no saguão.

Altamente aceso pelo vinho, a interrupção inesperada mais animou-me do que surpreendeu. Saí aos tropeços imediatamente, e alguns passos levaram-me até o vestíbulo do edifício. Naquele cômodo baixo e pequeno, não havia lamparina; e, naquele momento, nenhuma luz entrava, exceto a da aurora, extremamente tênue, que passava pela janela semicircular. Ao pisar para o outro lado da soleira, percebi a silhueta de um jovem mais ou menos da minha altura, vestindo um terno matinal de casimira branca, com o corte da moda, que eu mesmo usava naquele momento. Isso a luz fraca permitiu-me perceber; mas suas feições não pude discernir. Quando apareci, ele andou rapidamente em minha direção e, agarrando-me pelo braço com um gesto de impaciência petulante, sussurrou as palavras "William Wilson!" em meu ouvido.

Fiquei perfeitamente sóbrio, no mesmo instante. Havia algo nos modos do estranho, e no sacudir de seu dedo em riste, entre meus olhos e a luz, que encheu-me de um assombro indizível; mas não fora isso que me afetara tanto. Era a admoestação carregada de significado daquelas palavras curiosas, baixas e sussurradas; e, acima de tudo, era o tipo, o tom daquelas poucas sílabas simples e familiares, porém sussurradas, que trouxeram consigo milhares de lembranças de dias passados, e afetaram minha alma como o choque de uma bateria galvânica. Antes que pudesse recuperar o uso de meus sentidos, ele se fora.

Apesar de tal acontecimento ter produzido um vívido efeito sobre minha imaginação desordenada, foi tão evanescente quanto fora vívido. Na verdade, passei algumas semanas investigando cuidadosamente ou envolto por uma nuvem de especulação mórbida. Não pretendia mentir para mim mesmo quanto à identidade do curioso indivíduo que interferia perseverantemente com meus assuntos, e assediava-me com seus conselhos insinuados. Mas quem e o que era aquele Wilson? De onde viera? E o que pretendia? Não me satisfiz quanto a nenhuma dessas questões, tendo apenas descoberto, em relação a ele, que um acidente repentino em sua família fizera com que fosse retirado da escola do dr. Bransby na tarde do dia em que eu mesmo saíra. Mas, por um breve período, deixei de pensar sobre esse assunto, pois estava dedicando toda a minha atenção a cogitar sair de Oxford. Foi o que logo fiz, e meus pais, em sua incalculável vaidade, deram-me uma residência e uma quantia anual, que permitiria que aproveitasse à vontade todos os luxos que já me eram tão caros – que convivesse, gastando imensas quantias, com os mais orgulhosos herdeiros dos mais ricos condados da Grã-Bretanha.

Animado com tal possibilidade de exercer a libertinagem, meu temperamento natural irrompeu com um ardor redobrado, e passei a desprezar até mesmo os mais comuns controles da decência, em minha louca paixão por meus divertimentos. Mas seria absurdo entrar em detalhes sobre minha extravagância. Basta dizer que, entre os perdulários, gastei mais do que Herodes, e que, dando nome a inúmeras loucuras novas, acrescentei um extenso apêndice ao longo catálogo de devassidões que eram, na época, costumeiras entre os maiores libertinos das universidades da Europa.

Seria difícil de acreditar, contudo, que eu tenha, mesmo sob tais circunstâncias, me afastado tanto de minha condição de cavalheiro, a ponto de me familiarizar com as vis artes dos jogadores de cartas profissionais, e, tornando-me adepto dessa desprezível ciência, começado a praticá-la habitualmente, como um meio de aumentar minha renda, que já era enorme, às custas de meus colegas de mente fraca. Porém, foi exatamente isso que aconteceu. E a enormidade dessa ofensa contra tudo o que é viril e honrado provou, sem dúvida, ser o principal, senão o único, motivo da impunidade com a qual cometi tais atos. Quem, entre meus colegas abandonados, não preferiria duvidar das mais claras provas de seus próprios sentidos, em vez de suspeitar do alegre, franco e generoso William Wilson, o mais nobre e generoso plebeu de Oxford, ele, cuja insensatez (diziam seus parasitas) era meramente a insensatez da juventude desregrada, cujos erros são apenas caprichos, e cujo pior defeito é uma extravagância descuidada e arrojada?

Fazia dois anos que me ocupava daquela forma, quando chegou na universidade um jovem novo-rico, Glendinning – rico, diziam, como Herodes Ático, e sua riqueza também era facilmente adquirida. Logo descobri que tinha a mente fraca e, é claro, classifiquei-o como um espécime adequado para minhas habilidades. Jogava frequentemente com ele, e conseguia, com as artimanhas costumeiras do jogador, deixar que ele ganhasse somas consideráveis, para enrolá-lo mais eficazmente em minhas armadilhas. Finalmente, quando meu esquema estava no ponto, encontrei-o (com toda a intenção de que aquele encontro fosse o último e decisivo) nos aposentos de um de meus companheiros plebeus (o sr. Preston), que era amigo dos dois, mas que, para ser justo com ele, não fazia a menor ideia do que eu pretendia. Para explicar melhor, eu conseguira juntar um grupo de oito ou dez pessoas, e tomei o cuidado de que a ideia de jogar cartas parecesse acidental, e partisse de minha própria vítima. Para encurtar um assunto desagradável, não omiti nenhum dos abomináveis ardis, que de tão comuns em ocasiões semelhantes é inacreditável que ainda haja alguém tolo o suficiente para cair neles.

A partida estava varando a noite, e eu finalmente manobrara para conseguir que Glendinning fosse meu único antagonista. O jogo também era o meu preferido, *écarté!*[4] O resto do grupo, interessado em nossas jogadas, abandonara suas próprias cartas e formara um círculo ao nosso redor, como espectadores. O novo-rico, que fora induzido, por meus artifícios, a beber bastante desde o início da noite, agora embaralhava, dava ou jogava as cartas com um nervosismo estranho, que achei que sua intoxicação poderia explicar em partes, mas não por completo. Em muito pouco tempo, passara a dever para mim uma grande quantia, quando, após dar um longo gole no vinho do porto, fez exatamente o que eu previra com tanta frieza: propôs que dobrássemos nossa aposta, que já era extravagante. Com uma demonstração fingida de relutância, e não antes que minhas repetidas recusas o houvessem levado a proferir certas palavras raivosas, que deram um tom de irritação a meu consentimento, finalmente concordei. O resultado, é claro, provou que a presa estava inteiramente em minhas mãos; dentro de uma hora, ele havia quadruplicado sua dívida. Já fazia algum tempo que seu rosto estava perdendo o rubor causado pelo vinho; mas, naquele momento, para minha surpresa, percebi que transformara-se em uma palidez verdadeiramente assustadora. Digo que foi para minha surpresa, porque Glendinning havia sido descrito, em resposta a minhas ávidas perguntas, como incomensuravelmente rico, e as quantias que ele havia perdido, ainda que fossem vastas, não podiam, pelo que eu supunha, incomodá-lo seriamente, quanto mais afetá-lo de forma tão violenta. A ideia mais plausível era que estava sendo afetado pelo vinho que acabara de engolir; e, mais para preservar minha própria reputação aos olhos de meus colegas do que por qualquer outro motivo mais altruísta, estava prestes a insistir, peremptoriamente, que cessássemos o jogo, quando

4 N. da T.: Jogo popular do século 19, hoje em desuso.

umas expressões ao meu lado, entre o grupo, e uma exclamação de total desespero por parte de Glendinning, fizeram-me compreender que causara sua ruína completa, sob circunstâncias que, tornando-o digno da pena de todos, deveriam tê-lo protegido das más intenções até mesmo de um vilão.

O que eu faria em seguida é difícil dizer. A condição deplorável de minha vítima criara uma atmosfera de desânimo ao nosso redor, de modo que ficamos em um profundo silêncio por alguns momentos, durante os quais não pude deixar de sentir minhas faces ardendo com os vários olhares penetrantes de escárnio ou reprovação lançados em minha direção, pelos membros do grupo que estavam menos embriagados. Até mesmo admitirei que um insuportável peso de ansiedade foi, por um breve instante, retirado de cima de meu peito, pela interrupção repentina e extraordinária que se seguiu. As largas e pesadas portas dobradiças do apartamento foram abertas de supetão, ao máximo que podiam, com uma impetuosidade vigorosa e repentina que apagou, como num passe de mágica, todas as velas do recinto. Sua luz, ao se extinguir, permitiu que percebêssemos apenas que havia entrado um estranho, mais ou menos da minha altura, e inteiro enrolado numa capa. Porém, a escuridão agora era completa, e só conseguíamos sentir que ele estava parado de pé em nosso meio. Antes que qualquer um de nós pudesse se recuperar da enorme surpresa que tamanha rudeza havia causado, ouvimos a voz do intruso.

– Cavalheiros – disse, em um sussurro baixo, claro e que jamais será esquecido, gelando meus ossos até a medula –, cavalheiros, não peço desculpas por meu comportamento, porque, ao agir assim, estou cumprindo um dever. Sem dúvida já sabem da verdadeira natureza da pessoa que ganhou, esta noite, uma grande quantia de Lord Glendinning. Portanto, darei a vocês um plano célere e decisivo para obter informações extremamente necessárias. Examinem, por favor, quando quiserem, o forro da manga de seu braço esquerdo, e os vários baralhos que encontrarão nos bolsos espaçosos de seu casaco bordado.

Enquanto falava, o silêncio era tão profundo que provavelmente ouviríamos um alfinete caindo no chão. Ao terminar, saiu imediatamente, tão abruptamente quanto entrara. Será que consigo, será que deveria descrever o que senti? Devo dizer que senti os horrores de alguém que havia sido condenado? Certamente que tive pouco tempo para refletir. Muitas mãos agarraram-me imediatamente, e as luzes foram acesas de novo. Seguiu-se uma busca. No forro de minha manga, encontraram todas as cartas dos naipes principais, essenciais para o *écarté*, e nos bolsos de meu casaco vários baralhos, iguais aos que usávamos em nossos jogos, exceto que os meus eram do tipo que se chamava, na terminologia técnica, *arrondée*; as cartas do naipe principal eram ligeiramente convexas nas pontas, e as do naipe inferior eram ligeiramente convexas nas laterais. Com essa disposição, a vítima que corta, como de costume, o baralho em seu comprimento, invariavelmente dá ao seu antagonista uma carta do naipe principal, enquanto este último, cortando o baralho em sua largura, também nunca dará à sua vítima alguma carta relevante para o jogo.

Qualquer arroubo de indignação frente a tal descoberta teria me afetado menos do que o desprezo silencioso ou a compostura sarcástica com a qual foi recebida.

– Sr. Wilson – disse nosso anfitrião, abaixando-se para tirar debaixo de seus pés uma capa extremamente luxuosa, de peles raras –, sr. Wilson, isto lhe pertence. – Fazia frio e, ao sair de meus próprios aposentos, jogara uma capa por cima de meu casaco, e a tirara ao chegar no local. – Presumo que seja desnecessário procurar aqui – prosseguiu, olhando para as dobras da vestimenta com um sorriso amargo – mais provas de suas habilidades. Na verdade, já vimos o suficiente. Perceberá a necessidade, espero, de sair de Oxford; de toda forma, de sair imediatamente de meus aposentos.

Humilhado, rebaixado até o chão como fora, provavelmente teria me ressentido daquele linguajar ofensivo e respondido com violência, se minha atenção não houvesse sido, naquele momento, atraída por um fato dos mais surpreendentes. A capa que usara era de um tipo de pele rara; seu preço extravagante, não ouso dizer. Seus moldes, também, haviam sido uma fantástica invenção minha, pois era absurdamente fastidioso em questões dessa natureza frívola. Portanto, quando o sr. Preston estendeu-me a capa que pegara do chão, perto da porta do apartamento, foi com um assombro que beirava o terror que percebi que a minha própria já estava pendurada em meu braço (onde, sem dúvida, eu a colocara sem reparar), e que aquela que me era apresentada era uma cópia exata dela, até o mais ínfimo detalhe. Lembrei-me de que a criatura singular que me expusera de forma tão desastrosa estava coberta por uma capa, e nenhum dos membros de nosso grupo estivera usando alguma, exceto eu mesmo. Recobrando um pouco de minha presença de espírito, peguei a que me era oferecida por Preston; coloquei-a sobre a minha, sem que ninguém notasse; saí do apartamento com uma carranca resoluta de desafio, e, na manhã seguinte, antes de o dia raiar, comecei uma viagem apressada, de Oxford para o continente, em uma perfeita agonia de horror e vergonha.

Fugi em vão. Meu maligno destino perseguiu-me, aparentemente exultante, e provou que o exercício de seu misterioso controle estava apenas começando. Mal chegara em Paris, quando obtive novas provas do interesse detestável daquele Wilson por meus assuntos. Anos se passaram, mas não tive qualquer alívio. Vilão! Em Roma, com uma oficiosidade intempestiva, porém espectral, interpôs-se entre mim e minhas ambições! Em Viena também; em Berlim; e em Moscou! Onde, na verdade, eu não tinha amargos motivos para amaldiçoá-lo do fundo de meu coração? Fugi de sua tirania inescrutável, tomado pelo pânico, como se fugisse da peste, e para os confins mais remotos do planeta fugi em vão.

De novo, e de novo, em uma comunhão secreta com minha própria alma, perguntava a mim mesmo: "Quem é ele? De onde veio? E quais são seus objetivos?" Mas não encontrava resposta. Então, analisei com cuidado as formas, os métodos e as principais características de sua supervisão impertinente. Contudo, mesmo assim havia pouco em que basear alguma conjectura. Estava claro que, em todas as inúmeras ocasiões em que cruzara meu caminho, o fizera apenas para frustrar os esquemas ou interromper os atos que, se levados a cabo, poderiam ter tido desfechos infelizes. Que reles justificativa, na verdade, para uma autoridade assumida de forma tão imperiosa! Indenização indigna dos direitos naturais de autonomia, que me eram negados de forma tão pertinaz e insultuosa!

Também fora forçado a reparar que meu atormentador, por um longo período (enquanto mantinha, escrupulosamente e com uma destreza milagrosa, seu capricho de se vestir igual a mim), conseguira manter, a todos os momentos, suas feições escondidas de mim, durante a execução de suas diversas interferências. O que quer que Wilson fosse, esta, pelo menos, era uma verdadeira afetação, ou extravagância. Poderia ele supor, ainda que por um instante, que eu não reconheceria, em meu admoestador em Eton; no destruidor de minha honra em Oxford; naquele que frustrou minhas ambições em Roma, minha vingança em Paris, meu romance ardente em Nápoles, ou o que considerou falsamente minha avareza no Egito; neste meu arqui-inimigo e gênio maligno, o William Wilson de minha época de escola? Meu xará, colega, rival, meu odiado e temido rival no estabelecimento do dr. Bransby? Impossível! Mas permitam-me passar rapidamente para a última cena de ação deste drama.

Até aquele ponto, eu sucumbira sem resistir àquela dominação imperiosa. O sentimento de profunda admiração com o qual eu costumava encarar o caráter elevado, a sabedoria majestosa, a aparente onipresença e onipotência de Wilson, junto com uma sensação de terror, que outros traços de sua natureza e presunções inspiravam em mim, haviam me feito crer, até então, em minha própria fraqueza e impotência, e sugerido uma submissão implícita, ainda que extremamente relutante, à sua vontade arbitrária. Porém, naqueles últimos dias, eu me rendera por completo ao vinho, e sua influência enlouquecedora sobre meu temperamento hereditário fez com que ficasse cada vez mais impaciente com aquele controle. Comecei a murmurar, a hesitar, a resistir. E seria só minha imaginação que me levara a crer que, com o aumento de minha própria firmeza, a de meu atormentador passava por uma diminuição proporcional? Como quer que fosse, eu começava a sentir a inspiração de uma esperança ardente, e finalmente nutri, em meus pensamentos secretos, uma determinação ferrenha e desesperada, de que não me deixaria mais ser escravizado.

Foi em Roma, durante o Carnaval de 18–, que compareci a um baile de máscaras no palácio do duque Di Broglio, um aristocrata napolitano. Entregara-me mais livremente do que de costume aos excessos da mesa de bebidas, e a atmosfera sufocante dos salões lotados começava a irritar-me de forma insuportável. Havia, também, a dificuldade de abrir caminho pelos labirintos cheios de gente, o que contribuía bastante para estragar meu humor, pois estava procurando ansiosamente (não direi qual era o motivo indigno) a jovem, alegre e linda esposa do idoso e dedicado Di Broglio. Com uma confiança bem pouco escrupulosa, ela me informara previamente qual fantasia estaria usando, e agora, após vislumbrá-la, estava correndo para chegar à sua presença. Naquele momento, senti uma mão pousar de leve sobre meu ombro; e aquele inesquecível, baixo e condenável sussurro chegou ao meu ouvido.

Tomado por uma raiva absoluta, virei-me imediatamente para aquele que me interrompera daquela forma, e agarrei-o violentamente pelo colarinho. Estava usando, como eu esperara, uma fantasia exatamente igual à minha: uma capa espanhola de veludo azul, com um cinto vermelho ao redor da cintura, de onde pendia um florete. Uma máscara de seda preta cobria seu rosto.

– Patife! – falei, com a voz rouca de ódio, e cada sílaba que pronunciava parecia dar um novo combustível para minha fúria. – Patife! Impostor! Maldito vilão! Não me perseguirá, não permitirei que me persiga até a morte! Venha comigo ou o esfaquearei aqui mesmo! – E saí do salão de baile para uma pequena antecâmara adjacente, arrastando-o docilmente enquanto andava.

Ao entrarmos, empurrei-o furiosamente para longe de mim. Encostou-se aos tropeços na parede, enquanto eu fechava a porta, praguejando, e mandava que sacasse sua espada. Ele hesitou por um instante; e então, com um ligeiro suspiro, sacou a espada em silêncio, e assumiu uma postura de defesa.

A luta foi bem breve. Eu estava tomado por uma loucura frenética, e senti em meu braço a energia e o poder de vários homens. Em poucos segundos, encurralei-o, através de minha força pura, de encontro ao painel da parede, e assim, com ele à minha mercê, enfiei minha espada, com uma ferocidade brutal, repetidas vezes em seu peito.

Naquele instante, alguém mexeu na maçaneta. Corri para impedir uma intrusão, e voltei imediatamente para meu antagonista moribundo. Mas que palavras podem retratar adequadamente o assombro, o horror que me possuiu ao ver a cena à minha frente? O breve momento em que eu desviara o olhar parecia ter sido suficiente para produzir uma mudança significativa nos móveis do canto superior da sala. Um grande espelho – pelo menos foi o que me pareceu, em minha confusão – agora estava onde antes não vira nenhum, e ao aproximar-me dele, absolutamente aterrorizado, minha própria imagem, mas com o semblante pálido e sujo de sangue, avançou para encontrar-me, em passos incertos e trêmulos.

Foi o que me pareceu, como disse, mas não o que realmente era. Era meu antagonista – era Wilson, que estava de pé à minha frente, na agonia de sua morte. Sua máscara e sua capa jaziam onde ele as jogara, no chão. Não havia nenhuma linha de suas vestes, nenhuma ruga em todas as suas feições notáveis e curiosas, que não fosse absolutamente idêntica às minhas!

Era Wilson; mas não falava mais em sussurros, e poderia ter jurado que era eu mesmo que falava, quando ele disse:

– Você venceu, e eu me rendo. Porém, a partir de agora, você também está morto: morto para o Mundo, para os Céus e para a Esperança!

Era em mim que você existia, e, com minha morte, veja nesta imagem, que é a sua própria, como assassinou completamente a si mesmo.

O CORAÇÃO DELATOR

É verdade! Estive, e ainda estou, nervoso, muito, muito nervoso; mas por que diria que estou louco? A doença afiara meus sentidos, não os destruiu ou embotou. Principalmente minha audição estava mais aguda. Ouvia tudo, no céu e na terra. Ouvia muitas coisas no inferno. Como, então, sou louco? Escute! E observe como conto toda a história, de forma saudável e calma.

É impossível dizer quando a ideia ocorreu-me pela primeira vez; porém, após ser concebida, perseguiu-me dia e noite. Não tinha qualquer objeto. Não havia qualquer paixão. Eu amava o velho. Ele jamais me maltratara. Nunca me proferira um insulto. Não tinha o menor desejo por seu ouro. Acho que era seu olho! Sim, foi isso! Ele tinha um olho de urubu; um olho azul-pálido, com uma membrana por cima. Sempre que olhava para mim, meu sangue gelava; e assim, gradativamente – bem gradativamente –, decidi tirar a vida do velho, e livrar-me de seu olho para sempre.

Agora, é esta a questão. Você pensa que sou louco. Loucos não sabem de nada. Mas deveria ter me visto. Deveria ter visto como prossegui com sabedoria – com cuidado e previdência –, com que dissimulação pus-me a trabalhar! Jamais fora tão gentil com o velho quanto na semana antes de matá-lo. E todas as noites, por volta da meia-noite, eu girava a maçaneta de sua porta e a abria... bem gentilmente! E então, quando abrira o suficiente para passar minha cabeça, colocava uma lamparina escurecida, bem coberta, coberta para que nenhuma luz escapasse, e depois colocava a cabeça para dentro do quarto. Ah, você teria rido, se visse como a colocava de forma astuta! Me mexia lentamente, bem, bem lentamente, para não acordar o velho. Levava uma hora para passar a cabeça inteira pela abertura, até conseguir vê-lo deitado na cama. Ha! Um louco teria sido sábio, assim? E depois, quando minha cabeça já estava para dentro do quarto, eu desencobria a lamparina com cuidado, com muito cuidado (pois suas dobradiças rangiam), eu a abria apenas o suficiente para que um único raio de luz caísse sobre os olhos de urubu. Fiz isso por sete longas noites – todas as noites, exatamente à meia-noite –, mas sempre encontrava o olho fechado, então era impossível cumprir a tarefa, pois não era o velho que me irritava, e sim seu Olho Maligno. E todas as manhãs, logo que o dia raiava, eu entrava ousadamente em seu quarto e falava com ele corajosamente, chamando-o pelo nome, em um tom cordial, perguntando como passara a noite. Assim, vê como ele teria que ser um velho muito esperto para suspeitar que, todas as noites, exatamente à meia-noite, eu o observava enquanto dormia.

Na oitava noite, fui mais cuidadoso do que de costume, ao abrir a porta. O ponteiro dos minutos de um relógio se move mais rapidamente do que a minha mão. Nunca antes daquela noite eu sentira a verdadeira medida de meus próprios poderes, de minha sagacidade. Mal podia conter meu sentimento de triunfo. Imagine que lá estava eu, abrindo a porta, pouco a pouco, e ele nem sonhava com meus atos ou pensamentos secretos. A ideia me fez rir, e talvez ele tenha ouvido, pois se mexeu na cama repentinamente, como se algo o houvesse assustado. Pode pensar que me afastei; mas não. O quarto dele estava completamente escuro (pois as janelas estavam bem fechadas, por causa de seu medo de ladrões), então sabia que ele não conseguiria ver a abertura da porta, de modo que continuei empurrando constantemente, firmemente. Enfiei a cabeça para dentro e estava prestes a abrir a lamparina, quando meu dedão escorregou no fecho de latão, e o velho sentou-se depressa na cama, exclamando:

– Quem está aí?

Fiquei imóvel e não disse nada. Por uma hora, não movi um músculo, e durante esse tempo todo não o ouvi se deitar. Ainda estava sentado na cama, escutando, assim como eu fizera, noite após noite, ouvindo os relógios da morte nas paredes.

Em seguida, ouvi um ligeiro gemido, e sabia que era o gemido do medo mortal. Não era um gemido de dor ou de tristeza... ah, não! Era o ruído baixo e abafado, que emerge do fundo da alma, quando se está aterrorizado. Eu conhecia bem aquele som. Muitas noites, exatamente à meia-noite, quando o mundo todo dormia, o ruído brotava em meu próprio peito, aprofundando, com seu terrível eco, os terrores que me distraíam. Estou dizendo que o conheço bem. Sabia o que o velho estava sentindo, e tive pena dele, apesar de rir intimamente. Sabia que ele estava deitado, acordado, desde o primeiro barulho, quando se virara na cama. Seus medos haviam crescido desde então. Tentara convencer-se de que não havia motivo, mas não conseguira. Estivera dizendo para si mesmo: "Não é nada além do vento na chaminé; é só um rato atravessando o quarto", ou "é apenas um grilo, que emitiu um único som". Sim, ele estivera tentando reconfortar a si mesmo com essas suposições; mas todas foram em vão. Tudo em vão, porque a Morte, ao se aproximar dele, ficara à espreita, com sua sombra negra, e agarrara sua vítima. E fora a influência lúgubre da sombra despercebida que o fizera sentir – apesar de não ver nem ouvir –, sentir a presença de minha cabeça dentro do quarto.

Após esperar um longo tempo, com muita paciência, sem ouvi-lo se deitar, decidi abrir um pouco, bem pouquinho, a lamparina. Então, a abri – não pode imaginar como fui sorrateiro – até que, finalmente, um simples raio difuso, como o fio de uma aranha, irrompeu da abertura e pousou sobre o olho de urubu.

Estava aberto – completamente aberto –, e fiquei furioso ao olhar para ele. Vi-o com perfeita clareza: todo de um azul-pálido, com um horrendo véu sobre ele, que me gelava até a medula; mas não conseguia enxergar nenhuma outra parte do rosto ou do corpo do velho, pois apontara a luz, como que instintivamente, bem na direção daquele ponto maldito.

E já não disse que aquilo que confunde com loucura é apenas uma agudeza exagerada dos sentidos? Naquele momento, estou lhe dizendo, chegou aos meus ouvidos um som baixo, abafado e rápido, como o que um relógio faz quando está enrolado em algodão. Também conhecia aquele som. Eram as batidas do coração do velho. Aumentaram minha fúria, como as batidas de um tambor estimulam a coragem do soldado.

Mas, mesmo assim, controlei-me e permaneci imóvel. Mal respirava. Segurava a lamparina sem me mexer. Experimentei para ver se conseguia manter a luz mirada no olho. Enquanto isso, as infernais batidas do coração aumentaram. Foram ficando cada vez mais rápidas, e cada vez mais altas, a cada instante. O terror do velho deve ter sido extremo! Foram ficando mais altas, estou lhe dizendo, mais altas a cada momento! Está me entendendo, já disse que estou nervoso; e estou, mesmo. Naquele momento, no meio da madrugada, envolto pelo terrível silêncio daquela casa velha, um barulho tão estranho quanto aquele despertava em mim um terror incontrolável. Ainda assim, controlei-me por mais alguns minutos e permaneci imóvel. Mas as batidas ficavam mais altas, cada vez mais altas! Achei que o coração ia explodir. Fui tomado por uma nova preocupação, de que o som fosse ouvido por algum vizinho. A hora do velho chegara! Com um grito alto, desencobri por completo a lamparina e pulei para dentro do quarto. Ele deu um berro – só um. Em um instante, arrastei-o para o chão e puxei a cama pesada por cima dele. Então, sorri alegremente, ao ver minha tarefa terminada. Contudo, por vários minutos, o coração continuou batendo, com um som abafado. Mas isso não me incomodou; não seria ouvido do outro lado da parede. Finalmente, cessou. O velho estava morto. Removi a cama e examinei o cadáver. Sim, estava mortinho da silva. Coloquei minha mão sobre o coração e a mantive lá por vários minutos. Não havia pulsação. Estava totalmente morto. Seu olho não me perturbaria mais.

Se ainda acha que sou louco, não achará mais, quando descrever as sábias precauções que tomei para esconder o corpo. A noite passou e trabalhei com pressa, mas em silêncio. Primeiro, desmembrei o cadáver. Cortei a cabeça, os braços e as pernas. Então, tirei duas das tábuas do chão do quarto, e depositei tudo naquele pouco espaço. Em seguida, recoloquei as tábuas tão bem, de um jeito tão esperto, que nenhum olho humano – nem mesmo o dele – poderia ter reparado que havia algo de errado. Não havia nada para lavar, nenhuma mancha, nenhuma marca de sangue sequer. Eu tinha sido cauteloso demais para isso. Deixara que tudo caísse em uma bacia – ha, ha!

Ao terminar o trabalho, eram 4 horas; ainda estava escuro, como se fosse meia-noite. Quando o relógio bateu as horas, houve uma batida na porta da frente. Desci para abrir com o coração leve, pois o que me restava a temer?

Entraram três homens, que se apresentaram, com modos perfeitos, como oficiais da polícia. Um vizinho ouvira um grito durante a noite; suspeitas de algum crime haviam sido despertadas; informações haviam sido levadas à delegacia, e eles (os policiais) haviam sido designados para fazer uma busca no local.

Sorri, pois do que teria medo? Dei as boas-vindas aos cavalheiros. O grito, disse, fora meu mesmo, durante um sonho. O velho, mencionei, estava viajando para o interior. Conduzi meus visitantes pela casa toda. Pedi que procurassem, procurassem bem. Levei-os, finalmente, até o quarto dele. Mostrei a eles os seus tesouros, seguros, intocados. No entusiasmo de minha confiança, trouxe cadeiras para o quarto e pedi que se sentassem ali, para descansar de seus esforços, enquanto eu mesmo, na louca audácia de meu triunfo perfeito, coloquei minha própria cadeira sobre o exato lugar onde repousava o corpo da vítima.

Os policiais estavam satisfeitos. Meus modos os convenceram. Estava inteiramente tranquilo. Eles se sentaram e, enquanto eu respondia alegremente, falavam sobre coisas comuns. Porém, logo senti que estava ficando pálido, e desejei que fossem embora. Minha cabeça doía, e imaginei ouvir um zumbido; ainda assim, eles permaneciam sentados e conversavam. O zumbido ficava mais claro; persistia, e ficava cada vez mais claro. Falei mais abertamente, para livrar-me daquela sensação; mas continuava e ficava mais definido, até que finalmente entendi que o barulho não estava em meus ouvidos.

Sem dúvida que fiquei *muito* pálido; mas falei com mais fluência e em voz mais alta. Mesmo assim, o som aumentava – e o que eu poderia fazer? Era um som baixo, abafado, rápido – parecido com o som que um relógio faz, quando está enrolado em algodão. Parei de respirar; ainda assim, os policiais não o ouviam. Comecei a falar mais rápida e veementemente; mas o barulho aumentava constantemente. Levantei-me e discuti sobre assuntos insignificantes, em um tom agudo e com gestos violentos; mas o barulho aumentava constantemente. Por que eles não partiam? Andei de um lado para o outro, com passos pesados, enervado a ponto de fúria pelas observações dos homens – mas o barulho aumentava constantemente. Meu Deus! O que podia fazer? Esbravejei, vociferei, xinguei! Agarrei a cadeira onde estivera sentado e bati com ela nas tábuas, mas o barulho aumentava por todos os cantos, continuamente. Foi ficando mais e mais e mais alto! E os homens continuavam sua conversa agradável e sorriam. Será possível que não estavam ouvindo? Deus do céu! Não! Não! Ouviram! Suspeitam! Já sabem! Estavam zombando de meu horror; foi o que pensei, e ainda penso. Mas qualquer coisa seria melhor do que aquela agonia! Qualquer coisa seria mais tolerável do que aquela zombaria! Não aguentava mais aqueles sorrisos hipócritas! Sentia que precisava gritar ou morreria! E então... de novo! Ouçam! Mais alto! Mais alto! Mais alto! Mais alto!

– Canalhas! – gritei. – Parem de fingir! Admito o que fiz! Arranquem as tábuas! Aqui, aqui! São as batidas de seu horroroso coração!

BERENICE

Dicebant mihi sodales, si sepulchrum amicae visitarem, curas meas aliquantulum forelevatas[1]

Ebn Zaiat

A infelicidade assume vários aspectos. A desgraça terrena vem em diversas formas. Estendendo-se por todo o amplo horizonte, como um arco-íris, seus tons são tão variados como os do arco – e também tão distintos, e tão intimamente misturados. Estendendo-se por todo o amplo horizonte, como um arco-íris! Como posso derivar, da beleza, um tipo de feiura? Do pacto da paz, um símile de tristeza? Mas, assim como na ética, o mal é uma consequência do bem, também na concretude nossa alegria nasce da tristeza. As lembranças das felicidades passadas são as angústias de hoje ou as agonias que *são* têm sua origem no êxtase do que *poderia ter sido.*

Meu nome de batismo é Egeu; meu sobrenome não mencionarei. Contudo, não há qualquer torre nesta terra mais antiga e ilustre do que meu lar ancestral, sombrio e cinzento. Nossa linhagem já foi chamada de uma raça de visionários; e, em vários detalhes marcantes, como o caráter da mansão da família, os afrescos no salão principal, as tapeçarias dos dormitórios, os entalhes dos arcos do depósito de armas, mas mais especialmente a galeria de pinturas antigas, as decorações da biblioteca e, por último, a própria natureza peculiar do conteúdo da biblioteca, há provas mais do que suficientes para confirmar tal crença.

As lembranças de meus primeiros anos estão ligadas àquele aposento e seus volumes – sobre estes últimos não direi mais nada. Lá morreu minha mãe. Lá eu nasci. Mas é inútil dizer que eu não vivera antes – que a alma não tem uma existência prévia. Você nega tal fato? Não vamos discutir esse assunto. Tendo convencido a mim mesmo, não procuro convencer os outros. Contudo, há uma certa lembrança de formas aéreas, de olhos espirituais e significativos; de sons, musicais, porém

1 N. da T.: "Meus companheiros me disseram que, se visitasse o túmulo de meu amigo, aliviaria um pouco de minhas preocupações".

tristes; lembranças que não se deixam esquecer; uma memória como uma sombra: vaga, variável, indefinida, instável; e também semelhante a uma sombra devido à impossibilidade de me livrar dela, enquanto a luz de minha razão existir.

Naquele aposento eu nasci. Acordando, assim, da longa noite do que parecia, mas não era, a não existência, entrando imediatamente nas próprias terras das fadas, em um palácio da imaginação, nos estranhos domínios dos pensamentos monásticos e da erudição, não é curioso o fato de ter olhado ao meu redor, com olhos surpresos e ardentes; de ter passado minha infância entre livros, e desperdiçado minha juventude em devaneios; mas é, *sim*, singular o fato de que, conforme os anos se passaram, e o meio-dia da vida ainda me surpreendeu morando na mansão de meus antepassados – é, *sim*, maravilhosa a estagnação que se abateu sobre a primavera de minha vida, maravilhosa a total inversão que ocorreu na natureza de meus pensamentos mais comuns. A realidade do mundo me afetava como uma visão, e apenas como uma visão, enquanto as ideias mais estranhas do mundo dos sonhos se tornaram, por sua vez, não o material de minha existência cotidiana mas aquela própria existência, completa e unicamente.

Berenice e eu éramos primos, e crescemos juntos no lar de meus ancestrais. Porém, crescemos diferentes: eu, com minha saúde frágil e enterrado nas sombras, e ela, ágil, graciosa e transbordando energia. Ela, passeando pelas colinas, e eu, enclausurado, estudando. Eu, vivendo dentro de meu próprio coração, e viciado, de corpo e alma, nas mais intensas e dolorosas reflexões; ela, vagando despreocupadamente pela vida, sem pensar sobre as sombras em seu caminho ou no voo silencioso das horas negras. Berenice! Chamo seu nome. Berenice! E, das ruínas cinzentas da memória, mil lembranças tumultuosas assustam-se com o som! Ah, sua imagem está vividamente à minha frente, neste momento, como na época em que era tranquila e alegre! Oh, beleza maravilhosa, porém fantástica! Oh, sílfide em meio aos arbustos de Arnheim! Oh, náiade em meio a suas fontes! E então… então, tudo é mistério e terror, e uma história que não deveria ser contada.

Doença, uma doença fatal abateu-se como uma tempestade de areia sobre ela; e, perante meus olhos, o espírito da mudança tomou conta, invadindo sua mente, seus hábitos e seu caráter, e, de um modo extremamente sutil e terrível, perturbando até mesmo sua identidade! Ó céus! A destruidora veio e se foi! E a vítima... onde está? Não a reconhecia mais; pelo menos, não a reconhecia como Berenice.

Entre as inúmeras doenças induzidas pela primária e fatal, que causaram uma revolução tão horrível na existência moral e física de minha prima, pode-se mencionar a mais inquietante e obstinada, uma espécie de epilepsia que costuma terminar em um *transe* – um transe que se parece muito com a própria morte, e do qual ela se recuperava, na maioria dos casos, de forma assustadoramente abrupta. Enquanto isso, minha própria doença – pois me foi dito que não devo chamá-la por outro nome –, minha própria doença, então, cresceu rapidamente dentro de mim, e finalmente assumiu um caráter monomaníaco, com uma forma inusitada e extraordinária, ganhando vigor a cada hora, finalmente obtendo um controle incompreensível sobre mim. Esta monomania, se devo chamá-la assim, consistia em uma irritabilidade mórbida daquelas propriedades da mente que a ciência metafísica chama de *atentivas*. É mais do que provável que eu não esteja sendo compreendido; mas temo, realmente, que não seja possível transmitir para o leitor comum uma ideia adequada daquela *intensidade de interesse* nervosa, com a qual, em meu caso, os poderes de reflexão (para não falar tecnicamente) ocupam-se e na qual se enterram, na contemplação até mesmo dos objetos mais ordinários do Universo.

Refletir, por longas horas sem cansar, com minha atenção fixa em algo frívolo na margem ou na tipografia de um livro; passar a maior parte de um dia de verão absorto com uma sombra peculiar que cai, na diagonal, sobre uma tapeçaria ou sobre o chão; perder-me, por uma noite inteira, na observação da chama de uma lamparina ou nas brasas da lareira; jogar fora dias inteiros sonhando com o perfume de uma flor; repetir, de forma monótona, alguma palavra comum, até que seu som, devido à repetição frequente, deixe de transmitir qualquer ideia para a mente; perder todo o senso de movimento ou existência física, devido a uma absoluta imobilidade corporal, mantida por um longo período de perseverança; estes são alguns dos mais comuns e menos perniciosos devaneios induzidos por uma condição das faculdades mentais, não totalmente sem paralelo, mas que certamente desafiam qualquer análise ou explicação.

Ainda assim, não quero que interpretem errado. A atenção indevida, sincera e mórbida assim despertada por objetos que, por sua própria natureza, são frívolos, não deve ser confundida com aquela propensão à reflexão, comum a toda a humanidade, e à qual as pessoas de imaginação fértil cedem com mais frequência. Não era nem mesmo, como se pode supor logo de início, uma condição extrema, ou um exagero de tal propensão, e sim primária e essencialmente distinta e diferente. Em um caso, o sonhador, ou o entusiasta, interessado por um objeto que *não costuma ser* frívolo, perde aquele objeto de vista, sem perceber, em meio a diversas deduções e sugestões advindas dele, até que, ao final de um devaneio *frequentemente repleto de extravagâncias*, descobre que o *incitamentum*, ou a primeira causa para suas reflexões, desaparece e é esquecido por completo. Em meu caso, o objeto principal era *invariavelmente frívolo*, apesar de assumir, através de minha visão destemperada, uma importância refratada e irreal. Poucas deduções eram feitas, se é que alguma foi; e aquelas poucas retornavam, pertinazes, para o objeto original como seu centro. As meditações *nunca* eram agradáveis; e, ao final do devaneio, a primeira causa, longe de ter sido esquecida, havia atingido aquele interesse sobrenaturalmente exagerado que era a característica principal da doença. Em uma palavra, os poderes mentais mais particularmente exercidos eram, em meu caso, como já disse, os da *atenção*, e, no caso do sonhador, são os da *especulação*.

Meus livros, naquela época, se não serviam para efetivamente irritar meu distúrbio, pelo menos compartilhavam em grande parte, como será percebido, por seus temas imaginativos e inconsequentes, das qualidades típicas do distúrbio. Lembro-me bem, entre outros, do tratado do nobre italiano, Coelius Secundus Curio, *De Amplitudine Beati Regni Dei*, da grande obra de Santo Agostinho, *A Cidade de Deus*, e *De Carne Christi*, de Tertuliano, em que a frase paradoxal *"Mortuus est Dei filius; credible est quia ineptum est: et sepultus resurrexit; certum est quia impossibile est"*[2] ocupou todo o meu tempo, por várias semanas de investigações laboriosas e infrutíferas.

Assim, parecerá que, desequilibrada apenas por coisas triviais, minha razão assemelhava-se àquele despenhadeiro mencionado por Ptolomeu Heféstion, que, resistindo firmemente aos ataques da violência humana, e à fúria ainda mais feroz das águas e dos ventos, tremia somente sob o toque da flor chamada asfódelo. E apesar de um pensador descuidado poder considerar óbvio que a alteração causada pela infeliz doença de Berenice sobre sua condição *moral* proporcionou-me vários assuntos para o exercício daquela reflexão intensa e anormal, cuja natureza fiz um certo esforço para explicar, esse não era, de forma alguma, o caso. Nos intervalos de lucidez de minha enfermidade, sua calamidade, realmente, causou-me dor e, sentindo profundamente a destruição completa de sua bela e gentil vida, não deixei de refletir, frequente e amargamente, sobre o modo incrível em que tal revolução estranha acontecera de repente. Mas essas meditações não faziam parte da idiossincrasia de minha doença, e eram do tipo que teria ocorrido, sob circunstâncias semelhantes, a todos os membros comuns da humanidade. Fiel à sua própria natureza, meu distúrbio deleitava-se com as menos importantes, porém mais surpreendentes, mudanças causadas no *físico* de Berenice, na singular e aterradora distorção de sua identidade pessoal.

Durante o ápice de sua beleza inigualável, eu certamente não a amara. Na estranha anomalia de minha existência, meus sentimentos *jamais* foram do coração, e minhas paixões *sempre* foram da mente. Através do

2 N. da T.: "O fato de que o Filho de Deus morreu é absolutamente plausível, simplesmente por parecer absurdo".

cinzento início da manhã, em meio às sombras entrecortadas da floresta ao meio-dia, e no silêncio de minha biblioteca à noite, ela deslizara à minha frente, e eu a vira; não como a Berenice que vivia e respirava, mas como a Berenice de um sonho; não como uma criatura terrena, mas como a abstração de tal criatura; não como algo a ser admirado, e sim analisado; não como um objeto de amor, mas como o tema da mais abstrusa, ainda que inconstante, especulação. Mas *agora*... agora eu estremecia quando estava em sua presença, e empalidecia quando se aproximava de mim; porém, lamentando sua condição decaída e desoladora, lembrei-me de que ela há muito me amava e, em um momento de maldade, a pedi em casamento.

O dia de nossas núpcias se aproximava, quando, em uma tarde de inverno – um daqueles dias incomumente cálidos, tranquilos e enevoados, que acompanham o lindo alcedo[3] – estava sentado (sentava-me e pensava sozinho) no escritório interno da biblioteca. Porém, erguendo os olhos, vi que Berenice estava parada à minha frente.

Seria minha própria imaginação atiçada, a influência enevoada da atmosfera, a penumbra da sala ou as vestes cinzentas que pendiam de seu corpo que faziam com que sua silhueta ficasse tão vacilante e indistinta? Não sabia dizer. Ela não disse uma palavra; e eu não conseguiria pronunciar uma única sílaba. Um tremor gélido perpassou meu corpo; uma sensação de ansiedade insuportável abateu-se sobre mim; uma curiosidade voraz permeou minha alma; e, afundando-me em minha poltrona, passei algum tempo sem respirar, nem me mover, com os olhos fixos em sua pessoa. Ó! Estava tremendamente emaciada, e nenhum vestígio do que costumava ser escondia-se em nenhum de seus contornos. Meu olhar penetrante finalmente pousou sobre seu rosto.

Sua testa era alta, bem pálida, e singularmente plácida; e seu cabelo, outrora negro, caía em partes sobre ela, cobrindo suas têmporas côncavas com inúmeros cachos, agora de um amarelo vívido e contrastando

3 N. da T.: Pássaro mitológico associado com a calmaria.

de forma discordante, por sua natureza fantástica, com a melancolia que reinava em seu semblante. Os olhos estavam sem vida ou brilho, aparentemente sem pupilas, e afastei-me involuntariamente de seu olhar vidrado para contemplar os lábios finos e encolhidos. Estes se abriram; e, com um sorriso carregado de significado, *os dentes* da mudada Berenice se mostraram lentamente para mim. Gostaria de nunca tê-los visto, ou de, após tê-lo feito, ter morrido!

O barulho de uma porta se fechando assustou-me e, olhando para cima, vi que minha prima saíra da sala. Porém, o que infelizmente não saíra dos recintos confusos de minha mente, e não se deixava expulsar, era o *espectro* branco e aterrador daqueles dentes. Não havia nenhuma mancha em sua superfície; nenhuma mácula em seu esmalte, nenhuma falha em suas beiradas, que o breve momento de seu sorriso não houvesse gravado em minha memória. Via-os *agora* mais claramente do que os enxerguei *então*. Os dentes! Os dentes! Estavam aqui, acolá, em todas as partes, visíveis e palpavelmente perante mim; longos, estreitos e excessivamente brancos, com os lábios pálidos retorcendo-se ao redor deles, como no momento exato em que se desenvolveram pela primeira vez. Então, fui tomado pela fúria de minha *monomania*, e tentei em vão lutar contra sua estranha e irresistível influência. Em meio aos múltiplos objetos do mundo externo, só conseguia pensar nos dentes. Ansiava por eles, com um desejo frenético. Todos os outros assuntos e diferentes interesses foram absorvidos por aquela única contemplação. Eles, e só eles, estavam presentes no olho de minha mente, e eles, em sua individualidade, tornaram-se a essência de minha vida mental. Examinei-os sob todos os ângulos. Analisei suas características. Concentrei-me em suas peculiaridades. Ponderei sobre seu formato. Refleti sobre a mudança em sua natureza. Estremeci ao atribuir a eles, em minha imaginação, um poder sensível e senciente e, mesmo quando não auxiliados pelos lábios, a capacidade de expressão moral. Sobre mademoiselle Salle, foi muito bem dito *"que tous ses pas etaient des sentiments"*,[4] e sobre Berenice eu acreditava, ainda mais seriamente, *que toutes ses*

4 N. da T.: Marie Salle, bailarina; "que todos os seus passos eram sentimentos".

dents etaient des idees.[5] *Des idees!* Ah, foi justamente este o pensamento idiota que destruiu-me! *Des idees!* Ah, foi *por isso* que comecei a desejá-los tão loucamente! Senti que só voltaria a ter paz, só seria razoável novamente, se estivesse de posse deles.

Assim, a noite caiu, a escuridão chegou, demorou-se e partiu, e o dia raiou novamente, e as névoas de uma segunda noite estavam se formando, e eu continuava sentado, imóvel, naquela sala solitária, ainda perdido em reflexões, com o *fantasma* dos dentes mantendo seu terrível controle sobre mim, com a mais vívida e horrenda clareza, flutuando em meio às luzes e sombras que se alternavam na sala. Finalmente, um grito de horror e desalento interrompeu meus sonhos, seguido, após uma pausa, pelo som de vozes perturbadas, misturadas com vários gemidos baixinhos de tristeza ou de dor. Levantei-me de minha poltrona e, abrindo com força as portas da biblioteca, vi uma criada parada na antecâmara, chorando, que me disse que Berenice... se fora! Havia sofrido um ataque epiléptico de manhã bem cedo, e agora, ao final da noite, o túmulo estava pronto para sua ocupante, e todos os preparativos do enterro haviam sido concluídos.

Peguei-me sentado na biblioteca, sozinho novamente. Parecia-me que acabara de despertar de um sonho confuso e eletrizante. Sabia que já era meia-noite, e estava ciente do fato de que, desde que o sol se pusera, Berenice estava enterrada. Mas aquele período sombrio entre os dois eu não compreendia, pelo menos, não de forma definitiva. Ainda assim, minhas lembranças estavam repletas de horror, um horror ainda mais horroroso por ser vago, um terror ainda mais terrível por ser ambíguo. Foi uma página medonha no registro de minha existência, toda coberta por lembranças difusas, medonhas e ininteligíveis. Tentei decifrá-las, mas em vão; enquanto isso, como o espírito de um som que já não existe mais, os gritos estridentes e penetrantes de uma voz de mulher pareciam ecoar em meus ouvidos. Eu fizera algo… o que

5 N. da T.: "que todos os seus dentes eram ideias".

fora? Coloquei esta questão para mim mesmo, em voz alta, e os ecos sussurrantes da sala responderam: *"o que foi?"*

Sobre a mesa ao meu lado ardia uma lamparina, e, ao seu lado, estava uma caixinha. Não tinha nada de notável, e eu já a vira com frequência antes, pois pertencia ao médico da família; mas como chegara *ali*, sobre minha mesa, e por que eu estremecia ao olhar para ela? Não havia explicação para isso, e meu olhar finalmente voltou-se para as páginas de um livro aberto, e para uma frase nelas sublinhada. As palavras eram as curiosas, porém simples, do poeta Ebn Zaiat: *"Dicebant mihi sodales si sepulchrum amicae visitarem, curas meas aliquantulum fore levatas"*. Por que, então, ao lê-las, I com os cabelos em pé, e todo o meu sangue gelou em minhas veias?

Então, houve uma batida leve na porta da biblioteca e, pálido como o habitante de uma tumba, um criado entrou nas pontas dos pés. Parecia aterrorizado, e falou comigo em uma voz trêmula, rouca e bem baixa. O que dizia? Ouvi algumas frases entrecortadas. Falava sobre um grito estranho, que interrompera o silêncio da noite, sobre todos os criados terem se juntado, sobre uma busca na direção de onde viera o som. E então suas palavras ficaram extremamente distintas, ao contar-me em sussurros sobre um túmulo violado, sobre um corpo desfigurado, amortalhado, mas que ainda respirava, ainda palpitava, ainda *vivia!*

Apontou para umas vestes; estavam enlameadas e cobertas de sangue. Não falei nada, e ele puxou-me gentilmente pela mão; estava cheia de marcas de unhas humanas. Dirigiu minha atenção para algum objeto apoiado na parede. Olhei para ele, por alguns minutos: era uma pá. Com um grito, corri até a mesa e agarrei a caixa que estava sobre ela. Mas não conseguia abri-la; e, com meus tremores, escorregou de minhas mãos, caiu pesadamente e quebrou-se em pedaços. Com um chocalhar, rolaram para fora alguns instrumentos de cirurgia odontológica, misturados com 32 peças pequenas, brancas e semelhantes ao marfim, que se espalharam por todos os cantos.

ELEONORA

Sub conservatione formae specificae salva anima[1]
Raymond Lully

Descendo de uma raça famosa por sua imaginação vigorosa e suas paixões ardentes. Já fui chamado de louco; mas se a loucura é ou não é a mais alta forma de inteligência, ainda não foi decidido, tampouco se aquilo que é glorioso e profundo não advém de uma doença do pensamento, de humores da mente exaltados às custas do intelecto geral. Aqueles que sonham de dia conhecem muitas coisas que escapam àqueles que só sonham de noite. Em suas visões cinzentas, obtêm vislumbres da eternidade, e ficam extasiados, quando acordam, ao descobrir que estavam prestes a penetrar no grande segredo. Pouco a pouco, adquirem um pouco de sabedoria, que é algo bom, e mais ainda do mero conhecimento, que é algo mau. Penetram, contudo, sem leme e sem bússola, no vasto oceano da "luz inefável", e, como as aventuras do geógrafo núbio, *"agressi sunt mare tenebrarum, quid in eo esset exploraturi"*.[2]

Digamos, então, que sou louco. Admito, pelo menos, que há duas condições distintas de minha existência mental: a condição de uma razão lúcida, que não pode ser contestada, e que pertence às lembranças dos eventos que formam a primeira parte de minha vida; e uma condição de sombras e dúvida, pertinente ao presente e às lembranças daquilo que constitui a segunda grande era de minha existência. Portanto, acreditem no que contarei sobre o período inicial; e, quanto ao que posso relatar sobre o tempo mais recente, só deem o crédito que possa lhes parecer devido, duvidem de tudo, ou, se não puderem duvidar, façam como Édipo fez com a charada.

Aquela que amei na juventude, e sobre a qual escrevo agora estas lembranças tranquilas e claras, era a filha única da única irmã de minha falecida mãe. Eleonora era o nome de minha prima. Sempre havía-

1 N. da T.: "A alma é salva com a conservação da forma específica".

2 N. da T.: "Aventuraram-se no mar da escuridão para explorar o que pode conter".

mos morado juntos, sob um sol tropical, no Vale da Grama Multicor. Nenhum viajante perdido apareceu naquele vale, pois se localizava em meio a uma cordilheira de colinas gigantes que o circundavam, impedindo que a luz do sol chegasse aos seus mais doces recônditos. Nenhuma trilha era usada em seus arredores; e, para chegar ao nosso feliz lar, era necessário empurrar com força a folhagem de milhares de árvores, e esmagar as glórias de milhões de flores fragrantes. Por isso, vivíamos sozinhos, sem contato com o mundo além do vale: eu, minha prima e sua mãe.

Das regiões escuras além das montanhas, na parte superior de nosso domínio circunscrito, saía um rio estreito e profundo, mais brilhante do que tudo, exceto os olhos de Eleonora; e, serpeando sorrateiramente, em um labirinto de curvas, finalmente passava por um desfiladeiro ensombrado, em meio a colinas ainda mais escuras do que aquelas das quais saíra. Chamávamos de "Rio de Silêncio", pois seu fluxo parecia ter uma influência calmante. Nenhum murmúrio erguia-se de seu leito, e corria tão gentilmente, que os seixos perolados que adorávamos observar, bem em seu fundo, não se mexiam nem um pouco, mas jaziam em um contentamento imóvel, cada um em seu antigo lugar, brilhando gloriosamente, para sempre.

A margem do rio, e dos vários regatos ofuscantes que deslizavam, por caminhos tortuosos, até chegarem em seu canal, assim como os espaços que se estendiam das margens para as profundezas dos riachos, até chegarem ao leito de seixos; estes lugares, assim como toda a superfície do vale, desde o rio até as montanhas que o circundavam, eram acarpetados por uma grama verde e macia, grossa, curta, perfeitamente nivelada, e que exalava um cheiro de baunilha, mas tão pontilhada pelo ranúnculo, pela margarida branca, pela violeta roxa e pelo asfódelo rubro, que sua tremenda beleza falava com nosso coração em voz baixa, sobre o amor e a glória de Deus.

E, aqui e acolá, em alamedas em meio àquela grama, como cenários de sonho, erguiam-se árvores fantásticas, cujos troncos altos e esguios não eram retos, e sim inclinados graciosamente na direção da luz que entrava, ao meio-dia, no centro do vale. Suas cascas eram pintalgadas com o esplendor alternado de ébano e prata, e mais macias do que qualquer outra coisa, exceto as faces de Eleonora, de modo que, se não fosse pelo verde-brilhante das enormes folhas que brotavam de seu topo, em linhas longas e trêmulas, brincando com os zéfiros, alguém poderia pensar que eram serpentes gigantes da Síria, prestando homenagem a seu soberano, o Sol.

De mãos dadas, passei 15 anos vagando por aquele vale com Eleonora, antes de o amor entrar em nosso coração. Foi numa noite, ao final do 15º ano de sua vida, e do 20º da minha, que nos sentamos, com os braços ao redor um do outro, debaixo das árvores semelhantes a serpentes, e encaramos as águas do Rio do Silêncio, observando nosso reflexo. Não falamos nada pelo resto daquele doce dia, e mesmo no dia seguinte nossas palavras eram trêmulas e poucas. Havíamos retirado o deus Eros daquela onda, e agora sentíamos que ele acendera em nós a alma ardente de nossos ancestrais. As paixões que, por séculos, diferenciaram nossa linhagem chegaram de forma avassaladora, junto com a imaginação, pela qual nossa família também era famosa, e juntas sopraram uma alegria delirante sobre o Vale da Grama Multicor. Uma mudança ocorreu em todas as coisas. Flores estranhas e brilhantes, com formato de estrela, brotavam de árvores onde antes não havia nenhuma. As cores do carpete verde se aprofundaram; e quando, uma por uma, as margaridas brancas sumiram, apareceram em seu lugar dezenas de asfódelos rubros. E a vida surgia em nosso caminho, pois o grande flamingo, até então oculto, junto com todos os pássaros coloridos, exibia sua plumagem vermelha para nós. Peixes dourados e prateados tomaram conta do rio, do fundo do qual subia, pouco a pouco, um murmúrio que finalmente se transformou numa melodia calmante, mais divina do que a da harpa de Éolo, mais doce do que tudo, exceto a voz de Eleonora. Uma enorme nuvem, que há muito observávamos nas regiões de Hesper, veio flutuando de lá, maravilhosa com seus tons de carmim e ouro, estabelecendo-se tranquilamente acima de nós e afundando, dia após dia, cada vez mais, até que suas beiradas repousassem sobre o topo das montanhas, transformando toda a sua escuridão em magnificência e prendendo-nos, como que para sempre, dentro de um cárcere mágico de grandeza e glória.

A beleza de Eleonora era a de um serafim; mas ela era uma donzela tão sincera e inocente quanto a breve vida que levou em meio às flores. Nenhum artifício disfarçava o fervor do amor que animava seu coração, e ela examinou, comigo, seus mais íntimos cantos, conforme andávamos juntos pelo Vale da Grama Multicor, e discutíamos as enormes mudanças que haviam ocorrido por lá, ultimamente.

Eventualmente, após falar, em lágrimas, sobre a triste mudança suprema, que obrigatoriamente se abate sobre a humanidade, começou a discorrer apenas sobre esse assunto, inserindo-o em todas as nossas conversas, assim como as músicas do bardo Schiraz contêm sempre as mesmas imagens, de novo e de novo, com uma impressionante variação de construção das frases.

Ela percebera que a mão da morte estava sobre seu peito; que, como o efêmero, ela fora criada com sua beleza perfeita apenas para morrer; mas os terrores do túmulo, para ela, se referiam unicamente a uma consideração que me revelou, durante um crepúsculo, enquanto estávamos sentados à margem do Rio do Silêncio. Causava-lhe infelicidade pensar que, após enterrá-la no Vale da Grama Multicor, eu partiria para sempre de seus felizes recantos, transferindo o amor que, naquele momento, pertencia tão apaixonadamente a ela, para alguma donzela do mundo externo e cotidiano. Naquele exato momento, joguei-me com alacridade aos pés de Eleonora, e fiz um juramento, para ela e para os céus, de que jamais me uniria em matrimônio com qualquer outra filha da Terra – que não demonstraria, de forma alguma, ser desleal a minhas caras lembranças dela ou com as lembranças da afeição devotada com a qual ela me abençoara. E pedi ao Todo-Poderoso que testemunhasse a solenidade sagrada de meu juramento. E a maldição que pedi a Ele e a ela, caso eu descumprisse tal promessa, envolvia uma pena que superava o grande horror que não registrarei aqui. Os olhos brilhantes de Eleonora ficaram ainda mais brilhantes, quando ouviu minhas palavras, e ela suspirou como se um fardo enorme houvesse sido retirado de suas costas; tremeu e chorou profusamente. Mas aceitou o juramento (pois o que era, senão uma criança?) e isso tornou mais fácil aceitar sua própria mortalidade. Disse-me, alguns dias depois, enquanto morria tranquilamente, que por causa do que eu fizera para reconfortar seu espírito, ela me protegeria, após partir; e, se tivesse permissão, retornaria visivelmente para mim, durante a noite. Mas se isso estivesse além das possibilidades das almas no Paraíso, pelo menos me daria indicações frequentes de sua presença, suspirando sobre mim com os ventos vespertinos ou enchendo o ar que eu respirava com o perfume dos incensários dos anjos. E, com essas palavras em seus lábios, abriu mão de sua inocente vida, pondo um fim à primeira época da minha.

Até este ponto, fiz um relato fiel. Porém, conforme atravesso a barreira na rota do tempo, formada pela morte de minha amada, e prossigo para a segunda era de minha existência, sinto que uma sombra se junta sobre minha mente, e desconfio da perfeita sanidade deste registro. Mas vamos em frente. Os anos se passaram pesadamente, e eu continuava morando no Vale da Grama Multicor; mas uma segunda mudança se abatera sobre todas as coisas. As flores em formato de estrela retrocederam para o tronco das árvores, e não apareceram mais. Os tons do carpete verde desbotaram e, um por um, os asfódelos rubros murcharam, e surgiram, em seu lugar, dezenas de violetas escuras, parecidas com olhos, que se contorciam irrequietas e estavam sempre cobertas de orvalho. E a vida saiu de nosso caminho, pois o alto flamingo não exibia mais sua plumagem vermelha para nós, tendo voado, infelizmente, do vale para as colinas, junto com todos os outros pássaros coloridos que haviam chegado junto com ele. E os peixes dourados e prateados haviam nadado para a parte inferior do desfiladeiro, na extremidade mais baixa de nosso domínio, e nunca mais decoraram nosso doce rio. E a melodia calmante que fora mais suave do que a harpa de ventos de Éolo, e mais divina do que tudo, exceto a voz de Eleonora, esvaiu-se pouco a pouco, em murmúrios cada vez mais baixos, até que o rio voltou a ter a solenidade de seu silêncio original. Por último, a enorme nuvem elevou-se e, abandonando o topo das montanhas à sua antiga escuridão, voltou para as regiões de Hesper, e retirou todas as suas muitas glórias douradas e estonteantes do Vale da Grama Multicor.

Mas as promessas de Eleonora não foram esquecidas, pois eu ouvia os sons do balançar dos incensários dos anjos; e torrentes de um perfume sagrado flutuavam constantemente pelo vale; e, quando estava sozinho e meu coração batia pesadamente, os ventos que passavam por meu rosto chegavam até mim carregados de suspiros suaves; e murmúrios indistintos frequentemente preenchiam a noite; e uma vez – ah, apenas uma vez! – fui despertado de um sono, que se parecia com o sono da morte, pela pressão de lábios espirituais sobre os meus.

Mas o vazio em meu coração se recusava, mesmo assim, a ser preenchido. Ansiava pelo amor que antes o enchera até transbordar. Finalmente, o vale me causava dor, por causa das lembranças de Eleonora, de modo que o abandonei para sempre, pelas vaidades e triunfos turbulentos do mundo.

Encontrei-me em uma cidade estranha, onde todas as coisas poderiam ter servido para apagar de minha memória os doces sonhos que sonhara por tanto tempo no Vale da Grama Multicor. A pompa e a elegância da corte, o louco choque de armas, e a beleza radiante das mulheres atordoavam e intoxicavam minha mente. Porém, minha alma mantinha-se fiel a seus votos, e ainda recebia as indicações da presença de Eleonora, durante as noites silenciosas. De repente, essas manifestações cessaram, e o mundo ficou escuro perante meus olhos, e fiquei aterrado com os pensamentos incessantes que me possuíam, e as terríveis tentações que me atormentavam; pois chegou, de uma terra muito, muito distante e desconhecida, à corte do rei que eu servia, uma donzela cuja beleza conquistou imediatamente todo o meu coração desleal – a cujos pés me joguei sem resistir, na mais ardente e abjeta adoração do amor. Pois como minha paixão pela jovem garota do vale poderia ser comparada com o fervor, o delírio e o êxtase de adoração com que despejei toda a minha alma aos pés da etérea Ermengarda? Ah, como reluzia a angelical Ermengarda! E essa ideia não deixava mais espaço para nada. Ah, que divina era a sublime Ermengarda! Ao olhar nas profundezas de seus olhos, pensei apenas neles – e nela. Casei-me; não temi a maldição que invocara, e seu amargor não abateu-se sobre mim. E, uma vez – apenas uma –, novamente, no silêncio da noite, entraram por minha janela os suspiros suaves que haviam me abandonado, compondo aquela voz doce e familiar, dizendo:

– Durma em paz! Pois o Espírito do Amor reinou e prevaleceu, e, ao aceitar em seu coração apaixonado aquela que é Ermengarda, está liberado, por motivos que serão explicados quando chegar aos céus, do juramento que fez para Eleonora.

O CORVO

Certa vez eu refletia, durante a noite sombria,
Sobre histórias esquecidas, curiosas e ancestrais
Ao estar quase dormente, houve um toque de repente,
De quem bate gentilmente, bem na frente dos umbrais.
"É visita," disse baixo, "bem na frente dos umbrais,
É só isso, e nada mais".

Ah, lembro perfeitamente, foi num dezembro inclemente
E as brasas se extinguiam, criando formas espectrais.
Ansiava pela aurora; pois buscara a toda hora
Nos livros uma melhora de meu luto por Lenora
Pela donzela que fora, para os anjos é Lenora,
Nome em vida não tem mais.

E a triste farfalhada da cortina aveludada
Causou-me tamanho assombro, que não sentira jamais;
Que fez com que repetisse, a acalmar meu coração,
"É alguém batendo à porta, parado sobre os umbrais
Uma visita tardia, parada sobre os umbrais;
Isso é tudo, e nada mais".

Recuperei meu destemor, e superei o meu pavor,
"Senhor," disse, "ou madame, peço desculpas sinceras;
Mas dormi por um instante, e bateste levemente,
Bem gentilmente, deveras, parado sobre os umbrais,
Que mal sabia o que ouvira" – então abri aos comensais:
Tudo escuro, e nada mais.

Perscrutando o escuro, tomado de terror puro,
Mergulhado em devaneios nunca ousados por mortais;
Mas não se ouvia viv'alma, nada interrompia a calma,
"Lenora?" sussurrei então, para as sombras espectrais,
"Lenora!" volveu o eco, em murmúrios abissais,
Foi só isso, e nada mais.

De volta a meu aposento, com minh'alma em desalento,
Logo ouvi outras batidas, que soavam mais reais.
"Imagino", disse, incerto, "que seja algo nos vitrais;
Irei ver do que se trata, que mistérios surreais,
Que meu coração se acalme, atrás de mistérios tais;
Isso é tudo, e nada mais!"

Abri rápido as vidraças, e com um bater de asas
Adentrou um belo Corvo, de épocas ancestrais;
Não deu um só cumprimento; não demorou um momento;
Mas com ares senhoriais pousou sobre os umbrais,
Sobre um busto de Atena, logo acima dos umbrais,
Lá sentou-se, e nada mais.

Pondo a ave cativante um sorriso em meu semblante,
Com seus modos decorosos e seus costumes formais,
Disse eu: "Pois tens seu brio, Corvo sem crista e sombrio,
Vagueando há tanto tempo, tempos imemoriais.
Diga-me qual é seu nome, nas penumbras infernais!"
Disse o Corvo: "Nunca mais".

Surpreendeu-me a ave rara falar de forma tão clara,
Apesar de suas palavras serem pouco racionais;
Pois devemos reconhecer que ninguém teve o prazer
De ver um pássaro descer bem acima dos umbrais –
Sobre o busto não pousaram antes quaisquer animais,
Com o nome "Nunca mais".

Mas o Corvo, ali parado, sobre o busto empoleirado,
Limitou-se a expressar-se usando palavras tais.
Não deu mais nenhum grasnado – e quedou ali parado –
E falei, decepcionado, "Já passei por mais finais,
Como minhas esperanças, amanhã és tu que vais".

Disse a ave: "Nunca mais".

Sendo pego de surpresa por tal frase tão coesa,
Observei que "Aprendestes tais palavras sempre iguais
De algum dono combalido, pelo infortúnio seguido
De um fardo incumbido, que era pesado demais
Lamentando sua sina, melancólica demais,
Disse: "Nunca, nunca mais".

Já que o Corvo havia posto um sorriso em meu rosto,
Tomei um assento em frente a ele, ao busto e aos umbrais;
Afundando-me no assento, mergulhei no pensamento
Cogitando o que a ave, de tempos imemoriais –
O que a ave sombria, de eras imemoriais –
Quis dizer com "Nunca mais".

Era o que elucubrava, sem dizer uma palavra
Para a ave de olhos pretos que encaravam-me, letais;
Perdido em fantasias, na poltrona refletia
Almofadas tão macias, almofadas sobre as quais
A luz do lampião caía, almofadas sobre as quais
Ela não se senta mais!

Veio, então, odor tangível, de incensário invisível
Elevado por um anjo, de passos celestiais.
Exclamei: "Seu desgraçado, um presente lhe foi dado
Um nepente, um preparado, para angústias mentais;
Deixe Lenora de lado, não recorde-se jamais!"
Disse o Corvo: "Nunca mais".

"Profeta!" falei, "Mau és tu! Seja ave ou belzebu!
Enviado do demônio, ou vindo dos vendavais,
Solitário, mas ousado, neste ermo és encantado –
Neste local assombrado – peço que me dê sinais!

Não há cura em Gileade? – peço que me dê sinais!"
Disse o Corvo: "Nunca mais".

"Profeta!" falei, "Mau és tu! Seja ave ou belzebu!
Por tudo que é sagrado, do Deus que criou os mortais –
Conte-me, pobre coitado, se estarei lado a lado
Com a de nome Lenora nos reinos celestiais –
A donzela de outrora, nos meios angelicais".
Disse o Corvo: "Nunca mais".

"Esta é nossa despedida!", disse eu, com voz erguida.
"Volte para a tempestade e para as noites infernais!
Não deixes nenhuma pena que prove esta cantilena!
Quero quietude plena! Deixe o busto nos umbrais!
Pare de ferir-me o peito, suma já de meus umbrais!"
Disse o Corvo: "Nunca mais".

E o Corvo, imperturbado, continua ali sentado
Sobre o busto de Atena, logo acima dos umbrais;
Sobre seu olhar vidrado, como que endiabrado,
As luzes da lamparina lançam sombras espectrais;
E minh'alma, dessa sombra, que recai sobre a alfombra,
Não se ergue nunca mais!